Lucas Pinnow

REALITÄT FANTASIE POESIE

Für die, die es lesen.

Lucas Pinnow

REALITÄT FANTASIE POESIE

Gedanken, Kurzgeschichten, Märchen und Gedichte

Bibliografische Information der Deutschen Nationalbibliothek:
Die Deutsche Nationalbibliothek verzeichnet diese Publikation in
der Deutschen Nationalbibliografie; detaillierte bibliografische
Daten sind im Internet über http://dnb.dnb.de abrufbar.

Lektorat: Lucas Pinnow
Korrektorat: Lucas Pinnow

Verlag: BoD · Books on Demand GmbH, Überseering 33, 22297
Hamburg, bod@bod.de

Druck: Libri Plureos GmbH, Friedensallee 273, 22763 Hamburg

ISBN: 978-3-8192-6442-9

Inhaltsverzeichnis

Prolog

Dieses Buch ist in drei Teile gegliedert und kann in beliebiger Reihenfolge gelesen werden. Es ist aufgeteilt in die drei Bereiche Realität, Fantasie und Poesie.

In der *Realität* findest du meine Gedanken zu Themen, die mich in der Entstehungszeit der Texte, interessiert und beschäftigt haben. Sie besitzen keine gültige Aktualität oder wissenschaftliche Richtigkeit.

In der *Fantasie* findest du von mir erfundene Geschichten. Wo sie herkommen? Aus meinem wirren Gehirn! Woher sonst? Ich habe mir ein bisschen was von der Fantasiewolke genommen.

In der *Poesie* findest du Gedichte. Die habe ich alle selbst geschrieben. Sie behandeln, ähnlich wie die Realität, Themen, die mich seinerzeit beschäftigt haben und teilweise noch nicht losgelassen haben.

Viel Spaß beim Lesen.

Hinweis: Dieses Buch gibt es auch als Hörbuch auf verschiedenen Plattformen.

REALITÄT

Willkommen in der Realität. In meiner Realität. Du liest nun meine Gedanken.

Nachgedacht

Ich denke oft darüber nach, wo meine Geschichten herkommen. Selten erlebe ich dabei einen AHA-Moment, bin aber durchaus beglückt, wenn es mir gelingt einen weiteren Gedankenklumpen zum Leben zu erwecken und in eine sinnvolle Reinfolge zu bringen. Ab und an passiert es, dass meine Erzählungen sich selbst in ihrem wirren Konstrukt verlieren. In solchen Fällen breche ich sie in der Regel ab und stemple sie als innig und geschlossen ab.

Sollte sich jemals jemand darüber beklagen, dann soll er sich gefälligst selbst mit der Geschichte beschäftigen und sie umschreiben. Was kümmert es mich – die nächste abstruse Faselei wartet bereits auf mich. So wie die Geschichte der tapferen Gitarrensaite.

Eine Annahme

Der Annahme zu folgen, ergibt meistens ein Ergebnis. Ob
es das ist, was wir erwarten, sei dahingestellt. Wenn wir leben, leben wir für etwas. Jeder hat etwas, das ihn antreibt.
Wollen wir beispielsweise einen Ferrari fahren, dann geben
wir unser letztes Hemd dafür einen Ferrari fahren zu können. Wenn uns der Weg allerdings zu steinig erscheint und
wir mittendrin umdrehen, ist es nicht das gewesen, was wir
am meisten wollten! Es genügt nicht von Reichtum und
Wohlstand zu träumen. Oder innerer Zufriedenheit, wenn
wir am Ende nicht zufrieden sind. Nehmen wir an, ein Kind
möchte in seinem späteren Leben einmal Arzt sein. Wenn es
so davon überzeugt ist und durch Personen in seinem Umfeld in seiner Vision unterstützt und gefördert wird, wird es
am Ende seines Lebens als pensionierter Facharzt für Kar-
diologie zu seinen Enkeln auf dem Sterbebett sagen: „Ich
bin der geworden, der ich werden wollte!" Wir müssen nur
zuerst uns selbst davon überzeugen, wer wir sein wollen.
Wollen wir Rockstars sein, dann sind wir Rockstars. Wenn
wir mit dem zurechtkommen, was das Leben eines Rockstars mit sich bringt. Der ständige Kampf um Anerkennung
und eine steigende Anzahl an Zuhörern und damit ein stei-
gender Verdienst durch Konzerte und den Verkauf von CDs.
Wenn man allerdings zwischendrin abbricht und merkt,
man ist nicht dafür gemacht, was dann? Alles, für das man
Zeit investiert hat, beiseitelegen und was anderes machen.
Umdrehen oder einen anderen Weg einschlagen. Ab wann
ist die Zeit abgelaufen? Wann ist es zu spät sich zu ändern?
Wann findet man seine Bestimmung? Folgen wird man am
Ende dem Verstand oder dem Herzen. Wenn es sich um die
Frage dreht, wie das Leben weitergehen soll – und vor

allem in welche Richtung. Ich halte mich selbst davon ab, zu entscheiden. Entscheidungen gehören zum Leben. Tagtäglich entscheiden wir uns für etwas. Sei es die Sorte des Frühstücksbrötchens oder ob Kaffee oder Tee. Du kannst jetzt sagen, es sei reine Gewohnheit; aber ebenso gut haben wir die Möglichkeit Leitungswasser zu trinken oder einen Saft. Es steht nur keiner im Kühlschrank. Und das auch nur, weil wir uns dafür entschieden haben keinen zu kaufen und in den Kühlschrank zu stellen. Oder er steht nicht im Kühlschrank, sondern im Regal.

Wenn wir uns entscheiden einen bestimmten Beruf zu erlernen und auszuüben, dann sollte das doch schon der richtige sein. Die komplizierte Entscheidungsfrage, die dabei entsteht, ist, was ist richtiger? Das gute Gefühl, das mit der Entscheidung verbunden ist oder der Verstand, der dir sagt, wenn du dich für mich entscheidest, ist deine Zukunft gesichert. Wir müssen uns entscheiden. Und viel wichtiger: daran glauben, dass wir uns für das Richtige entschieden haben. Das macht uns einzigartig und zu einer besonderen Person. Das Leben geht mal nach links, mal nach rechts, mal nach oben, mal nach unten. Aber es geht nie zurück. Warum also in der Vergangenheit nach möglichen Zukünften suchen, wenn man seine Zukunft direkt vor seiner Nase hat?

Shit In Shit Out

Also, um es auf den Punkt zu bringen: Ich glaube, dass ein Buch, viel mehr der Inhalt, mehr Aufmerksamkeit erhält, weil es als Druckerzeugnis, aus dem viel zu schnellen digitalen Strudel der menschlichen Überforderung herausfällt. Wenn ich mich dazu entscheide ein Buch zu lesen, dann ist dies ein bewusster Moment. Ich setzte mich in meinen Lesesessel, auf mein Lesekissen, in den Bus oder auf mein Bett und möchte diese Zeilen lesen! Aktiv teilnehmen an dem, was mir visuell vermittelt wird. Aufsaugen, verarbeiten, interpretieren, verstehen und möglicherweise lernen, damit ich es in einer Interaktion mit meinen Mitmenschen ausprobieren kann. Natürlich kann ich an dieser Stelle bereits argumentieren, dass ich selbiges auch mache, wenn ich mich bewusst dafür entscheide die sozialen Medien zu öffnen, weil ich unbedingt wissen möchte, was die anderen Menschen dieser Welt so machen. Wobei ich da noch nicht weiß, welcher Inhalt mir angezeigt werden wird. Das weiß erstmal nur der Algorithmus. Dem ist aber auch gar nichts entgegenzusetzen. Es ist völlig in Ordnung sich berieseln zu lassen und sich Menschen anzuschauen, die sich zum Affen machen. Unterhaltungsangebote scheinen endlos und unerschöpflich zu sein. Natürlich gibt es aufgrund der Useranzahl, vielmehr Creator eine Grenze, jedoch sind wir als Consumer nicht in der Lage alle Videos an einem Abend durchzusehen. Dazu fehlt uns die Zeit. Im Großen und Ganzen fügt sich allerdings alles sehr schön zusammen.

Darum schreibe ich ein Buch. Vielleicht gibt es das dann auch als Hörbuch. Dann könnte ich ganz easy nebenbei hören, was du hier schreibst, und muss das Kochen nicht unterbrechen oder kann weiterhin den Feed und die Stories checken. Aber es kann sein, dass ich dich dann kurzzeitig stumm schalte, weil ich ja auch hören will, was mir die Influencer vorleben und ich nachkochen möchte, nicht, dass ich einen Fehler im Rezept mache und ich dann über Lieferando was bestellen muss, weil verhungern möchte ich ja auch nicht.

Ganz genau! Worum geht es hier noch gleich? Ist der Wechsel von Papier auf Plastikverpackungen wirklich so gesund und gut für die Umwelt? Denn wenn ich mehr Papier verwende, dann muss ich ja schließlich Bäume umsäbeln oder wächst Papier auf Bäumen? Das nicht, aber solche Bäume könnten wir bestimmt erfinden. Ich mach mal ein Moodboard und schick dir einen Pitch in dem steht, dass ich überhaupt nicht weiß, was ich möchte. Dein Angebot dazu sollte aber möglichst *lowbudget* sein. Was wir haben, ist schon *lowbudget* aber lass es nicht so aussehen. Ganz genau. *Shit in, Shit out* ist nach wie vor eine Regel, nach der wir leben sollten. Menschen wirken dieser fundamentalen Meditation ständig entgegen. Wir machen uns so viel Arbeit damit, Dinge, die wir zu Prozessbeginn vermasselt haben, irgendwie noch hinzubiegen. Es wäre schließlich unausstehlich, wenn wir uns selbst eingestehen müssten, dass wir einen Fehler gemacht haben. Ich kann mir gut vorstellen, dass viele Probleme, die zu neuen Technologien geführt haben auf Unehrlichkeit oder Faulheit beruhen. Peng, voll in die Fresse!

Ein mögliches Szenario:

Mitarbeiter A hat keine Lust Sachverhalt B richtig zu erklären, oder Mitarbeiter C schaut nebenbei auf sein Smartphone und checkt den Feed und fehlinterpretiert dadurch die Fehlinformation D und deswegen kann das Projekt E nicht richtig ausgeführt werden, landet aber als Produkt F (für Fuck) auf dem Markt, bis dann die Consumer merken, dass es fehlerhaft ist und eine Lösung verlangen. Denn sie können überhaupt nicht verstehen, dass es das Produkt so überhaupt auf den Markt geschafft hat. Die Lösung kann Firma G (der Hersteller) aber nicht bieten, darum entwickelt eine unabhängige, und die Situation beobachtende, Firma H eine Lösung für das firmeninduzierte Problem, obwohl dieses bei anfänglich richtiger Kommunikation hätte verhindert werden können!

Könnte irgendwann einmal so passiert sein. Wenn sich jemand angesprochen fühlt oder explizit ein Unternehmen kennt, in dem das so passiert ist, dann poste das gerne in deinem Feed. Ist kostenlose Promo. Danke.

Geht es also um Kommunikation? Vielleicht. Für mich soll es eher um Aufmerksamkeit gehen. Und damit meine ich nicht die Aufmerksamkeit, die an *impressions* und *reach* in den Sozialen Medien gemessen wird, sondern um bewusste Aufmerksamkeit und bewusste Wahrnehmung. Ein bewusstes Beobachten und Reflektieren einer Situation und kein kopfloses Videos-Angucken.

Bewusstsein. Sich selbst bewusst machen, dass Dinge fragwürdig sind. Sich selbst bewusst machen, dass ich etwas sagen darf! Bewusst sein darüber, dass wir Menschen auch eine Identität außerhalb der Sozialen Netzwerke haben. Damit meine ich das eigene Kaufverhalten. Moment mal, geht es hier um Kapitalismus? Kapitalismus, Rassismus, Massentierhaltung, Mental Health, Digitalisierung, Datenschutz, Internet Security…alles Begriffe, die in unseren

Köpfen umherschwirren und nicht wissen, wo sie eigentlich hingehören. Wir können uns ja immer und überall Informationen beschaffen, wenn wir sie brauchen. Es sei, denn wir haben keinen Empfang, dann sind wir so wissend wie eine Haselnuss. Daraus folgt nur, dass wir allesamt leere Hüllen sind, die die ersten Suchergebnisse als richtige Information akzeptieren und damit dann argumentieren gehen. Bedeutet das auch, wer am meisten bezahlt, am meisten Einfluss auf das Denken des Einzelnen hat? Was überhaupt verbirgt sich hinter dem Wort „Denken"?

Ich selbst bin auch von dieser Leichtigkeit betroffen. Aber ich weiß auch, dass eine Quelle nicht ausreicht und dass ich mich richtig informieren muss, über das was ich lese. Auch, wenn schon Mozart wusste, dass alles, was im Internet steht, stimmt.

Was geschieht, wenn man einfach beginnt zu schreiben? Ich habe nichts im Kopf. Alles leer. Ich schreibe einfach und schreibe und schreibe und schreibe. Die Tasten meines Macbooks sind beleuchtet. Die einzelnen Lettern scheinen in einem weißen Licht auf den schwarzen Tasten. Was soll ich schreiben? Ich weiß es nicht. Ich habe einfach angefangen. Mir gefiel der erste Satz. Was geschieht, wenn man einfach anfängt zu schreiben. Kein Satz ist wie der andere. Meine Lehrerin hat einmal unter einen meiner eher schlecht ausfallenden Aufsätze geschrieben: „Du hast gute Ansätze und deine Aussagen sind sehr gut und durchdacht. Nur verlierst du oftmals den Faden. Du springst zusammenhangslos zwischen deinen Argumenten hin und her." Oder so ähnlich. Aber muss immer alles einen nachvollziehbaren Zusammenhang ergeben? Muss alles, was ich behaupte, im Originaltext, den ich erörtere, belegt werden. Zählt nicht vielmehr der Gesamteindruck? Natürlich bin auch ich ein Fan von detaillierten Beschreibungen. Nur verstehe ich auch nicht jeden Zusammenhang. Ich interpretiere gerne selbst und versuche die Information, die für mich wichtig erscheint, aus dem mir vorliegenden Texten herauszufiltern. Ob das nun immer das ist, was gemeint war, interessiert mich nicht wirklich. Ich lese es und denke mir meinen Teil. Sollte das nicht jeder tun? Wie kann die Literaturwissenschaft festlegen, was der Autor in seinem Buch verarbeitet hat? Niemand wird es je herausfinden können, wenn der Autor nicht mehr lebt. Vielleicht hat er damit seine tiefsten Gedanken zum Ausdruck gebracht, vielleicht die Gesellschaft kritisiert. Vielleicht hat er aber auch nur den Gesamteindruck seiner Umgebung, seiner Einstellung, seines

Empfinden Ausdruck verliehen. Er wollte schließlich nicht, dass seine Schriften veröffentlicht werden. Und doch lesen wir heute wirres Zeug, das von einem Herren geschrieben wurde, der scheinbar ein sehr interessanter Mensch ist – oder war. Aber was macht ihn so interessant? Gibt es nicht auch andere Menschen, die interessante Dinge schreiben? Menschen die nicht von der Literaturgesellschaft groß geredet werden. Vielleicht hat der Autor nur sein individuelles Tagebuch geschrieben. Etwas Vertrauliches. Ich habe den Autoren nicht studiert. Ich bin ein junger Mann, der musiziert und gerne Texte schreibt. Ich habe kurzzeitig an der Universität studiert. Maschinelle Sprachverarbeitung. War mir allerdings zu uninteressant. Außerdem hatte ich für die dortige Konkurrenz zu wenig Vorkenntnis, als dass ich hätte mithalten können. Heute sitze ich in meiner Wohnung und schreibe wirres Zeug auf mein digitales Papier. Eigentlich sollte ich ins Bett gehen und schlafen. Ich habe nämlich tierische Kopfschmerzen, doch irgendetwas in mir verlangt, dass ich meine Gedanken aufschreibe. Ich sage immer, dass ein Mensch jeden Tag Dinge erlebt und diese verarbeiten muss. Eine Möglichkeit seine schlechten und guten Erfahrungen zu verarbeiten ist meiner Meinung nach das Schreiben. Es ist sogar die beste aller Ausdrucksformen. Dem Autor sind keine Grenzen gesetzt. Er kann schreiben, was er will. Und nur er entscheidet, wer es lesen darf. Ich muss keinen Roman schreiben, der von unerwiderter Liebe handelt. Menschen, die so etwas schreiben haben oftmals das Problem, dass sie dazu verpflichtet sind. Oder nicht? Ich glaube es zumindest. Doch es gibt Menschen, die sich Geschichten einfallen lassen, die grandios sind. Sie sind nicht besonders lyrisch, dafür erzählen sie besondere Geschichten. Geschichten aus fremden Welten. Aber solche

Geschichten entstehen dann, wenn kein Zwang dahintersteht. Sie schreiben einfach. Schreiben was ihnen einfällt. Schreiben was sie sich vorstellen. Vielleicht was sie sich wünschen. Oder sie schreiben für ihre Kinder. Nur wenn ein Verlag davon Wind bekommt, dann werden sie selbst zu Schreibmaschinen. Dann müssen sie schreiben. Schreiben, um ihre Geschichten fortzuführen. Dann bekommen sie Aufträge. So und so hat Ihre Geschichte zu Enden. Sie müssen diese Elemente einbringen. Warum sind die Geschichten nicht so wie sie sein sollen? Warum muss man einem Autor vorschreiben, was er zu schreiben hat. Es sei denn er schreibt Schulbücher für das Fach Französisch oder Englisch. Warum werden Geschichten so beeinflusst, dass sie sich verkaufen lassen? Warum muss ein Autor ein Buch schreiben, das sich vermarkten lässt. Ich gehe nicht davon aus, dass ich ein Buch schreibe. Ich weiß nämlich nicht, wann mir meine Ideen ausgehen. Aber wahrscheinlich nie. Das Interessante ist, dass es nie langweilig werden kann. Eigentlich. Weil meine Gedanken endlos sind, oder? Immer schwirrt einem etwas in seinem Kopf herum. Immer kann man etwas aufschreiben. Ob es gut ist oder nicht bestimmen die Medien. Und diese bestimmen dich als Leser. Warum ist es nicht andersherum? Warum bestimmt nicht der Konsument die Medien?! Warum werden wir darauf hingewiesen, was momentan der letzte Schrei ist? Wenn die Medien uns doch nicht kennen, geschweige denn unseren Geschmack? Es wird alles so gemacht, dass man es lieben muss. Und das ist falsch. Ich höre zum Beispiel viel Musik, die nicht entlang des Hauptstroms fließt. Zigarettenpause. Ich höre Musik von Künstlern, die nicht darauf achten, ob ihre Musik das ist, was alle hören wollen. Sie machen einfach nur ihre Musik. Man kann heraushören, dass viele Songs einfach nur das sind, was sie fühlen. Und nicht das, was man ihnen sagt. Diese Songs haben Seele. Keine gespielte Seele. Sondern *die* Seele. Und ist es nicht an uns Zuhörern die Seele herauszufiltern? Musik ist nur noch ein Begleitmedium. Etwas, das da ist – wie ich es empfinde. Musik hat nicht mehr die musikalische Seele, sondern nur noch dicke Dollarzeichen in ihrem Herzen. Klar muss man als Musiker sehen, wo man selbst bleibt. Die erste Frage ist immer: „Wo bekomme ich mein Geld her? Wo liegt meine Geldquelle?" Aber macht man Musik, um reich zu werden? Um noch mehr Autos in seinen Videos zu haben? Video kills the Radiostar. Die Medien bestimmen heutzutage, welche Musik gut ist und welche nicht. Darf das sein? Vielleicht muss ich meine Einstellung ändern. Vielleicht muss ich so werden, wie es die Medien wollen, um erfolgreich zu sein. Vielleicht schaffe ich es auch einfach das zu tun, was ich fühle. Das zu tun, worauf ich Lust habe. Ohne auf ein besonderes Image zu achten. Muss ich denn immer auf einer Schiene bleiben und mein Image beibehalten? Warum kann ich nicht sagen was mich ankotzt aber gleichzeitig klassische Musik komponieren, wenn ich es geil finde? Warum kann ich nicht einfach das tun was ich will und dafür anerkannt werden? Heutzutage ist es jedem möglich das zu tun, was er will. Vieles ist dadurch schwerer geworden. Ich werde müde. Ich glaube der Dalai Lama hat einmal gesagt: „Wenn du müde bist, steh auf und laufe ein paar Schritte. Auch wenn du noch so müde bist." – oder so ähnlich. Aber für welches Publikum soll ich aufstehen und gehen? Für mich selbst? Widerspreche ich mir? Vielleicht weiß ich nicht, was ich will. Machen mich diese Sätze zu einem schwachen, angreifbaren Menschen? Muss ich mich beweisen? Oder beweise ich mich nur dadurch, dass ich, ich selbst bin und mich selbst anfange zu akzeptieren und mich auswendig lerne, um in dieser Welt weiterzukommen?! Weiterzukommen als wer? Als ich oder als Medium der Medien? Gibt es einen Plan? Ich geh ins Bett und mache ausgeschlafen weiter. Meine Augen werden schwer und ich habe Kopfschmerzen. Was passiert, wenn wir träumen? Verschiedene Erlebnisse werden durch wirres Zusammenführen verarbeitet. Ich habe geträumt. Es war Weihnachten. Passt zu der Zeit, in der ich das hier schreibe. Ich bin auf dem Weg nach Hause. Ich warte bis der Zug losfährt. Geträumt habe ich echt wirres Zeug. Mein Bruder und ich saßen mit der Familie am Weihnachtsabend beim Essen. Es gibt Gans mit Knödeln, Rotkohl und Bratensauce. Lecker. Auf einmal höre ich wie jemand vor unserem Haus brüllt. Er ruft nach mir und meinem Bruder. Im nächsten Augenblick sind meine Schwester und meine Mutter im Schlafzimmer mit Blick auf den Hof vor dem Haus. Meine Freunde aus dem Dorf sind versammelt und wollen, dass ich und mein Bruder nach draußen kommen. Plötzlich stehe ich draußen und mein Bruder neben mir. Von drinnen höre ich meine Mutter und meine Schwester schreien. Ich stehe wieder im Schlafzimmer meiner Eltern bei meiner Schwester und meiner Mutter, die sich mittlerweile in die Bettdecke gehüllt haben. Draußen steht mein Bruder. Allein. So wie ich aus dem Fenster blicke, sind alle anderen auf einmal weg. Jetzt höre ich Schüsse. Aus der Gasse, die zu meinem Haus führt, kommen zwei Menschen. Meine Freunde. Einer der beiden trägt ein Maschinengewehr und schießt damit in die Luft. Meine Mutter greift unter ihre Bettdecke und gibt mir ebenfalls ein Maschinengewehr. Ich stehe wieder draußen. Mein Bruder, der immer noch vor der Tür steht, und ich beginnen uns mit den beiden zu prügeln. Den mit dem Maschinengewehr konnte ich überwinden und ausschalten. Wie, weiß ich nicht. Mein Bruder hat währenddessen mit dem anderen zu tun. Sie diskutieren lautstark. Worum es geht, bekomme ich nicht mit. Es geht wohl um den kleinen Bruder des anderen. Auf einmal steht sein kleiner Bruder neben uns. Er kaut auf einem Dreckbollen. Und formt sich daraus einen Baseball. Ich höre meinen Bruder weinend: „So spielt dein Bruder Baseball?" Er ist verzweifelt und weiß nicht wie ihm geschieht. Sein Gesicht ist von Tränen überrannt. Es scheint ihn sehr mitzunehmen, was er gehört hat. Im nächsten Augenblick sind mein Bruder und ich etwas weiter hinten in unserer Straße. Die Gebäude sind zerstört. Es sieht aus wie in einem zerbombten Dorf aus dem zweiten Weltkrieg. Das Bild ist schwarz-weiß. Zwei Fremde fangen an uns zu beleidigen. Mein Bruder und ich beginnen uns mit ihnen zu schlagen. Um mich herum sieht es aus, wie auf einem Schrottplatz. Überall liegt Metallmüll herum. Alte Bretter und Schaumstofffetzen. Mein Bruder und ich schlagen uns mit den zwei Fremden, die wir beide noch nie gesehen haben. Mein Bruder scheint gut mit seinem Gegner klarzukommen. Ich allerdings habe meine Probleme, den meinen zu besiegen. Ich greife nach allen vorstellbaren Gegenständen, die sich in meiner Reichweite befinden und schlage damit auf ihn ein. Zu aller Verwunderung scheint es ihm nichts auszumachen. Wie fest ich auch mit der Eisenstange zuschlage, er wird nicht bewusstlos und steht immer wieder auf. Ich krieche auf dem Boden herum. Plötzlich gibt es nur noch mich und diesen Fremden, der nicht zu besiegen zu sein scheint. Meine Kräfte schwinden und ich weiß nicht, was ich tun soll. Es scheint wie ein endloser Kampf. Noch habe ich Kräfte übrig, um mich zu wehren und ihn zu verletzen. Mehr weiß ich nicht. An mehr kann ich mich nicht erinnern. Ein seltsamer Traum. Ich gehe immer davon aus, dass die Menschen, die mir nahe stehen mich beschützen. Das waren die ersten Gedanken, als ich nach dem Aufwachen darüber nachdachte. Ich hatte noch nie einen solch verblüffenden Traum. Oder ich habe bislang nie so darüber nachgedacht. Jedenfalls glaube ich, dass dieser Fremde, den ich zu schlagen hatte, etwas damit zu tun hat, wie ich mein Leben bekämpfen muss. Niemand hilft mir in meinem Leben. Keiner war da. Mein Vater nicht, meine Mutter half mir zwar mit einem Maschinengewehr, allerdings nicht bei meinem Kampf mit dem Fremden. Mein Bruder war auf einmal verschwunden, und was für mich viel schlimmer war, ist die Tatsache, dass mein Freund, mit dem ich seit mehreren Jahren schon so gut befreundet bin und mit ihm zusammen schon so viele Dinge durchstanden habe, nicht zur Stelle war, um mir zu helfen. Man ist auf sich allein gestellt. Ich lese gerade ein Buch. Darin geht es um Furcht. Um Respekt. Macht. Macht über seine Angst zu erlangen. Wie man damit umgehen muss, um erfolgreich zu sein. Ja, erfolgreich sein. Das wäre ein Traum. Aufzustehen, wann man will. Seinen Tag zu planen, wie man will. Das zu tun, worauf man Lust hat. Dann mit der Arbeit zu beginnen, wann man will. Unabhängig sein. Ich bin wohl gleich in Mainz. Im Zug sitzen allerlei komische Menschen. Menschen mit interessanten Gesichtern. Gegenüber von mir sitzt ein Mann. Er muss um die 50 Jahre alt sein. Ich könnte ihn fragen, aber dann würde meine Spekulation keinen Sinn ergeben. Er trägt eine Windjacke. Sie ist blau. Ein ausgewaschenes Blau. Die Ärmel haben einen roten Streifen, der zum Kragen hin verläuft. Er hat eine Glatze. Na ja, nicht ganz. Seine Glatze erstreckt sich nur über den oberen Teil seines Kopfes. An der Seite seines Kopfes, so um die Ohren herum, trägt er volles Haar. Straßenköterblond. Mit vereinzelt grauen Haaren. Er hat eine Katze dabei. Sie befindet sich in einem für sie vorgesehenen Kasten. Der Mann spielt PSP. Welches Spiel kann ich nicht erkennen. Links von mir sitzen zwei Jungs. Die mich, ehrlich gesagt, ziemlich nerven. Sie reden über Dinge, die mich nicht interessieren. Und es scheint, dass die beiden sich gegenseitig nicht zuhören wollen und nur die eigene Geschichte, die man erzählt, von Bedeutung ist. Es läuft Mozart. Ich höre nebenher Musik, um dieses Geschwätz der beiden Jungs nicht ertragen zu müssen. Auf der Fahrt habe ich gelesen. Rondo alla Turca. Ein wunderschönes Stück. Ich habe so ein ähnliches Stück geschrieben. Ich bin zwar kein Mozart, muss aber sagen, dass meine Musik sehr gut ist. Nur versteht nicht jeder, der sie hört, wie gut ich meine erlernten Fähigkeiten einsetze. Alle meine Kunden wollen eher simple Kompositionen. Die achten nicht auf Akkordfolgen oder darauf, wie Instrumente spielen. Sie achten auf das Gesamte. Sie wissen es nicht zu schätzen, wie viel Arbeit darin steckt. Was es heißt, darauf zu achten, dass die Töne stimmen. Wie man gezielt eine Melodie schreibt, die funktioniert und gleichzeitig in den Mainstream hineinpasst. Sie erwarten, dass ich ihnen etwas Simples liefere. Ich hasse das! Ich möchte nicht so abgestempelt werden. Ich brauche neue Kunden. Es ist so verdammt warm hier im Zug. Bislang habe ich 2.228 Wörter geschrieben. Und habe dafür vielleicht drei Stunden gebraucht. Reine Schreibzeit. Ob es letztendlich gut ist, was du liest, bleibt dir überlassen. Vielleicht hast du das hier auch schon längst weggelegt. Wir stehen an irgendeinem Bahnhof und warten darauf, dass wir von einem anderen Zug überholt werden. Ich muss langsam, aber sicher auf die Toilette. Es geht weiter. Ich will aber meinen

Rucksack – mein einziges Gepäck – keinem hier im Zug anvertrauen. Niemand hilft dir im Leben. Jetzt ist es 14:04 Uhr. Und durch die Verspätung erreiche ich meinen Anschlusszug bestimmt nicht. Das heißt ich habe extra Aufenthaltszeit. Das heißt ich bin um ca. 18:12 Uhr zuhause. Wenn der Rest denn glatt und wie geplant verläuft. Wenn ich aus dem Fenster gucke, sehe ich Berge mit Schnee auf dem Gipfel. Sie sind nicht hoch aber sehen doch schön aus. Schön unter der grauen Decke die über uns liegt. Ist es schon Schlafenszeit? Ich denke nicht. Ich habe bestimmt noch was zu erzählen. Wenn nicht, wäre es auch nicht schlimm. Dann wäre es eine kleine kurze Geschichte über irgendeinen Schwachsinn, den keiner verstehen würde. Vielleicht wird es aber auch ein Buch von mehreren Seiten. Ein Taschenbuch mit dem Titel: „...was auch immer mir einfällt". Ich hatte eben wieder einen Traum. Es ist drei Uhr mitten in der Nacht. Der Traum war auch wieder etwas verrückt. Ich habe in einer Pizzabäckerei gearbeitet, beziehungsweise mich dort vorgestellt. Die Bäckerei sah aus wie ein altes Fabrikgebäude. Der Raum selbst, in dem man die Pizzas backt, sah aus wie eine alte Werkstatt. Überall standen alte Holzregale rum. Der gesamte Traum war in einem Sepia- bzw. Antikfilter. Vielleicht verstärkte das die Wirkung des Alten und Gebrauchten. Wie dem auch sei. Ich ging so durch die Werkstatt und sah Mehlsäcke neben Zementsäcken in den Regalen liegen. Sehr ungewöhnlich für eine Pizzabäckerei. Als ich so durch das Gebäude schlenderte, fiel mir auf, dass ich ganz allein hier war. Keine Menschenseele. Das machte das Ganze noch mysteriöser. Ich ging in einen Nebenraum der Werkstatt und mitten im Raum – zwischen Mehlmisch- und Bohrmaschinen – stand eine Fritteuse. Ich hatte Hunger und warf ein paar Pommes hinein. Nach kurzer Zeit bemerkte ich, dass meine Fritteuse nicht mit Öl gefüllt war, sondern mit Wasser. Ich nahm mir eine Pommes aus der Fritteuse. Sie war angenehm warm. Das Wasser brodelte mit den restlichen Pommes darin vor sich hin. Ich stand mitten im Raum, neben der Fritteuse. Sie war weiß. Ohne darauf zu achten, biss ich von meiner Pommes ab. Doch nachdem ich abgebissen hatte, hielt ich plötzlich eine Kartoffeltasche in der Hand. Diese war gefüllt mit Frischkäse und Kräutern. Sie hat schrecklich geschmeckt. Der Frischkäse war hart. Die Kartoffeltasche an sich war angenehm warm. Ich ging mit vollem Mund zurück in den anderen Raum, aus dem ich gekommen war. Auf einem kleinen Tisch, der überfüllt war mit Schraubenziehern, Schmirgelpapier, einzelnen Schrauben, Scheren, Sicherheitsbrille, Hammer und Nägeln, Holzspänen und Dreck, stand ein kleiner Monitor. Der Monitor zeigte die Perspektive eines Autos. Das Auto war in Bewegung. Es hielt vor der Bäckerei. Es war der weiße SUV von meinem Chef. Dem Pizzabäckermeister. Ein kleiner Italiener mit grauen Haaren. So wie man sich einen Mafiaboss vorstellt. Ich ging aus der Tür. Er sollte nicht den Eindruck bekommen, ich würde in seiner Pizzeria herumstöbern. Zu meiner Verwunderung stieg auch mein Vater aus dem Auto aus. Mein Chef trug, passend zu seinen SUV, einen weißen Anzug mit gestreiftem schwarzen Hemd und einer roten Rosenblüte im Jackett. Wir liefen ein Stück zusammen. Mein Vater, mein Chef und ich. Wir liefen bis zu einer Kreuzung. Mein Vater und mein Chef unterhielten sich. Wir hielten inmitten der Kreuzung und die Diskussion zwischen den beiden wurde lauter und lauter. Plötzlich waren wir umzingelt von Bodyguards, die offensichtlich zu meinem Chef gehörten. Sie trugen verschiedene Anzüge. Einige trugen schwarze, klassische Anzüge, andere waren in graue und braune Anzüge gekleidet. Sie hatten vor meinen Vater zu verprügeln. Mein Vater holte aus und schlug meinem Chef direkt auf die Nase. Dieser deutete in eine Richtung und vermittelte seinem Schlägertrupp meinem Vater zu folgen. Dieser stand aber noch immer neben meinem Chef, als die anderen schon davon waren. Einen Schluck kalten Whiskey Coke. Wir liefen eine breite Straße entlang. Mein Vater und mein Chef unterhielten sich. Auf einmal blieben die beiden stehen. Sie blickten einander an und fingen an loszulaufen. Ich verstand im ersten Moment nicht, weshalb sie liefen und wovor sie davonliefen, oder ob die beiden sich ein Rennen lieferten, bis auch ich die Sirene endlich hören konnte. Offensichtlich sind sie deswegen losgelaufen. Ich versuchte hinterherzukommen. Ohne Erfolg. Ich lief so schnell ich konnte. In der Ferne tauchte ein Auto auf. Ich hatte keine Möglichkeit, um mich gut zu verstecken. Rechts neben mir war ein Holzschuppen. Der Holzschuppen war riesig und zur Straße hin offen. Das heißt, ihm fehlte eine Wand. Ich lief hinein. Mein Herz pochte so laut, dass ich nichts anderes wahrnehmen konnte. Ich fand eine kleine Nische unter einer Holztreppe und konnte mich durch Ducken schlecht verstecken. Durch Holzwände geschützt beobachtete ich die Situation. In Zeitlupe fuhr das Polizeiauto an dem Schuppen vorbei und ich konnte erkennen, wann es meine Position passieren würde. Als es fast vorbeigefahren war, blickte ich zur Fahrerin. Eine Frau mit blonden Haaren. Im gleichen Moment blickte sie in meine Richtung und unsere Blicke trafen sich. Ich war wie paralysiert. Mein Herz schien stehengeblieben zu sein. Ein Gefühl von Angst durchströmte meinen Körper. Ich hörte auf zu atmen, um zu verhindern, dass man mich hören konnte. Warum auch immer. Es war leise. Ich konnte nichts hören. Nicht einmal mein Herz gab einen Ton von sich. Im selben Moment bin ich aufgewacht. Ich fühlte mich noch immer wie eine Figur aus dem Wachsfigurenkabinett. Steif und leblos. Wie, als wäre ich aus dem Schuppen in mein Bett teleportiert worden. Ich habe dann erstmal eine Zigarette geraucht.

Kunst

Was meine Kunst für mich bedeutet. Als Mensch, als Musiker, Unternehmer und Kunstfigur.

Kunst im sozialen oder gesellschaftlichen Sinn. Ich habe mich nie darum geschert, wie irgendwer irgendetwas definiert. Ich wollte immer selbst herausfinden, was gewisse Dinge zu bedeuten haben. Natürlich habe ich mir einen gewissen Wortschatz angeeignet und auch verschiedene Fremdsprachen gelernt, um mit der Welt um mich herum kommunizieren zu können, aber das ist auch schon fast das Höchste der Gefühle. Ich bin damit gesegnet in einer Familie aufgewachsen zu sein, die viele Krisen durchstanden hat und immer noch zusammenhält. Ein Bild, das nicht selbstverständlich ist. Die meisten meiner Freunde und Bekannten kommen aus Familien in denen entweder die Eltern getrennt leben, Elternteile früh verstorben sind oder die Beziehung unter den Geschwistern und zu den Eltern stark gestört ist.

Und obwohl ich diesen starken Zusammenhalt in der Familie erlebe, die für mich eine solide Grundlage schafft, habe ich oftmals das Gefühl, dass ich sehr fragil und verletzlich bin. Meine Körpergröße von über zwei Metern lässt dies auf den ersten Blick nicht vermuten. Aber was kann der erste Eindruck eines Werks schon wirklich über den Prozess, der im Hintergrund stattfindet, aussagen?

Zu meiner Schulzeit kam ich immer wieder an meine Grenzen für das Verständnis von Interpretationen zur Weltliteratur. „Was will der Autor uns damit sagen?" Das war eine der beliebtesten Fragen, die der Klasse gestellt wurde, wenn wieder einmal Gedichte oder Textstellen aus Büchern durchgegangen wurden. Woher soll ich das denn wissen? Ich kann die Künstler leider nicht mehr persönlich dazu befragen. Meine Klassenkameraden haben auf diese Fragen immer das geantwortet, was die Lehrkraft hören wollte. Ich habe meistens nichts dazu gesagt. Wozu auch, es war in der Regel sowieso falsch oder zusammenhanglos.

Mit Ach und Krach und eher geringem Aufwand habe ich trotzdem mein Abitur gemacht. Mein Vater wollte, dass ich es mache, um mir den Weg in die Zukunft nicht ganz zu verbauen. Zu der Zeit war ich bereits sehr aktiv als Artist und Musikproduzent. Ich habe viele Texte und Songs geschrieben, mich ausprobiert und litt trotzdem unter dem Zwang der angesagten Musik und dem, was im Genrekodex festgeschrieben war. Ich konnte noch nicht vollständig ausbrechen, obwohl meine Gedanken und Intentionen bereits auf einer viel tieferen oder entfernteren Ebene ruhten. Erst im zunehmenden Alter konnte ich diesen Druck ein Stück weit lösen.

Authentizität war immer eine wichtige Eigenschaft für mich. Ich hatte keine Lust das zu machen, was andere machen oder mich entsprechend irgendwelcher gesellschaftlichen Normen zu bedienen. Trotzdem habe ich als Jugendlicher Fußball gespielt und mich mit Freunden getroffen. Ich bin auf Partys gegangen, habe gefeiert und versucht mein Leben so gut es ging zu genießen und frei zu sein. Durch meine Familie wurde mir vieles ermöglicht und ich kann sagen, dass ich eine relativ sorgenfreie Kindheit und Jugend hatte. Und doch fühlte ich mich nicht so frei, mich anderen gegenüber zu äußern, ohne beurteilt oder abgestoßen zu werden. Und diese Angst hat sich wie ein Deckel auf mich gesetzt. Ich wollte die falsche Aufmerksamkeit, die den

Klassenclowns galt, nicht ernten. Wenn ich mich geäußert oder versucht habe mich zu erklären oder etwas zu erzählen, dann war es nicht interessant genug oder eben nicht richtig, wodurch ich auf Ablehnung stieß. Heute denke ich, dass dies mit gesellschaftlichen Zwängen zu tun hat, damals war es einfach frustrierend und irgendwie ein bisschen egal.

Und dann entdeckte ich die Musik. Ich ging zwar bereits in der Grundschule zum Blockflötenunterricht und habe danach gelernt Trompete zu spielen, aber als ich dann auch noch anfing Texte zu schreiben und Musik selbst zu komponieren, war alles andere von jetzt auf gleich Nebensache. Mein Bedürfnis, mich frei auszudrücken, konnte ich durch meine Musik nun befriedigen. Zu Beginn war es ein eher kleines Ventil, um meine Gedanken zu formen und für die Außenwelt vorzubereiten. Das erwies sich als nicht leicht und ich brauchte etwas Übung. Doch nach über zwanzig Jahren intensiver Beschäftigung mit Text und Musik komme ich langsam an mein Ziel.

Im Prinzip ist die Beantwortung der Frage „Was bedeutet Kunst für mich?" relativ einfach und klar. Kunst bedeutet alles, denn Kunst darf alles, solange ich es als Kunstschaffender vertreten kann. Für mich ist Kunst ein bewusstes Entscheiden Dinge zu tun, die andere nicht tun würden oder sich aufgrund irgendwelcher ethischen Beweggründe versagen. Ich setze Kunst mit Freiheit gleich. Und Freiheit ist kein erfreuliches Gut. Denn es bedeutet, dass ich das höchste Gut auf Erden erreicht habe. Solange es also die Möglichkeit gibt, für etwas zu kämpfen, dass mich dem Ziel ‚Freiheit' näherbringt oder mich für einen kurzen Moment den Geruch der Freiheit inhalieren lässt, nehme ich vieles in Kauf. Es zeigt mir nicht nur worauf ich hinarbeite, sondern auch worauf ich mich eingelassen habe. In den Momenten, in denen ich an meiner Kunst arbeite, lebe ich in Freiheit. Nur dann lasse ich alle Konventionen, Normen und Entscheidungen fallen und bewege mich in der reinen Gefühlswelt. Alles andere um mich herum ist nicht nur irrelevant, sondern schlichtweg nicht existent! Kein Druck, keine Zeit, kein Hunger, kein Durst, keine Libido. Nur meine Freiheit, wirklich das zu tun, was mich durchweg erfüllt und befriedigt.

Für mich ist das Erschaffen von Musik ebendieser Moment der reinen Freiheit. Sei es das Komponieren, Spielen oder Hören von musikalischen Werken. Mich auf den Noten tragen zu lassen, die Zusammenhänge zu erkennen, die Wirklichkeit zu vergessen, Sorgen abfallen zu lassen, die verschiedenen Instrumente zu differenzieren, zu analysieren, zu entdecken, zu verstehen, zu fühlen, mir einzubilden, was die Kunstschaffenden mir damit sagen möchten.

Musik hat so viele Dimensionen, die weit über mein menschliches Verständnis hinaus gehen. Musik ist laut, leise, hoch, tief, tonal, dissonant, positiv, negativ, sie verwandelt Positives in Negatives und umgekehrt. Musik funktioniert an manchen Tagen anders als an anderen und macht sich selbst damit unberechenbar und unantastbar. Das beängstigt mich aber gibt mir zugleich auch Hoffnung. Ist das nicht wundervoll? Teilweise. Denn Musik kontrolliert. Sie kontrolliert unsere Gefühle, unsere Stimmung und erlangt dadurch die ultimative Kraft der Veränderung und Macht über unsere Emotionen. Auch wenn wir an dieser Stelle scheinbar selbst entscheiden, welche Musik wir hören, wählen wir doch meist das aus, was in den Moment passt, oder wir versuchen unsere Situation durch sie zu verändern. Wie fatal ist in diesem Zusammenhang die Auswahl der Musik durch Algorithmen auf Streaming-Plattformen. Wie groß ist die Manipulation und Verschleierung unserer Gefühlswelt oder spiegelt die Musikauswahl wirklich wider, was in uns geschieht und wer wir wirklich sind?

Wer bin ich denn wirklich? Wie kann ich nach außen tragen, was in mir steckt? Habe ich eine musikalische DNA? Ich habe oft darüber nachgedacht, wie ich meine Musik beschreiben würde. Menschen legen immerzu irgendwelche Schubladen für die Kategorisierung von allem Möglichen bereit. Menschen, Musikstile, Kunstrichtungen, Zeitalter, soziale Hintergründe, gesellschaftliche Normen und so weiter. Alles muss immer in eine unserer Schubladen passen. Andernfalls können wir nichts damit anfangen.

Wenn ich also meine musikalische DNA zu beschreiben versuche, wäre ein großer Teil definitiv der Versuch an die Leichtigkeit von Mozart, die Komplexität von Igorrr und Saint-Saens, an die Ernsthaftigkeit von Beethoven, die Wortakrobatik von Heinz Erhardt und Samy Deluxe und den Lifestyle Buddhas heranzukommen. Doch damit nicht genug. Ich fühle mich im großen Pool der Entertainer und Musikanten so wohl, dass ich täglich mehrere Stunden darin bade und versuche, wie ein Schwamm so viel wie möglich von den Menschen und ihrer Werke aufzusaugen. Es gibt so viele gute und bewundernswerte Menschen, die, unabhängig von ihrem Erfolg, großartige Werke geschaffen haben. Mit so viel List, Witz und Tiefgang, Technik und Verständnis, dass es mir manchmal schwer fällt mich davon zu überzeugen, dass auch ich meine Daseinsberechtigung in der Branche habe.

Langsamkeit

Ich kann nicht aufhören. Ich fühle mich ausgelaugt,
schlapp, erschöpft, und dennoch spüre ich eine Langsam-
keit in mir, die ich nicht überholen kann. Es ist ein seltsames Gefühl, das mich ausbremst. Das mich davon abhält,
Aufgaben weiterzumachen oder bevorstehende, bereits ge-
plante Vorhaben, anzupacken. Wie eine Kette, ohne das
kalte Eisen, ohne das laute Geklapper, hält es mich zurück.
Lässt mich langsam werden und mich schuldig fühlen.
Wieso bist du so schwach? Wieso bist du nicht in der Lage
diese Aufgaben einfach zu erledigen? Wir beide wissen
doch, dass sie erledigt werden müssen! Aber du sitzt da und
kannst es nicht. Fast schon bemitleidenswert. Noch schlimmer ist nur, dass du weißt, was andernfalls auf dich wartet.
Du weißt, dass du auf der anderen Seite des Problems eine
Welt findest, die glücklicher ist als dein trauriger Schleier,
in dem du festsitzt. Doch du schaffst es nicht auf die andere
Seite. Du sitzt da und grübelst, denkst darüber nach, was zu
tun wäre, um auf die andere Seite zu kommen. Doch etwas
hält dich zurück. Eine große, schwere Kette, die dich langsam macht. Sie hält dich auf! An manchen Tagen schaffst
du es, sie einfach zu ignorieren. Doch dann lässt sie dir nur
ein wenig Freilauf und zieht dich ohne Vorwarnung wieder
zurück. Zeigt, dass sie noch da ist. Beweist dir, wer von
euch beiden der Stärkere ist. Du hast keine Chance, wenn
du nicht lernst sie zu kontrollieren oder lernst sie abzusä-
gen. Vielleicht bleibt ein kleiner Teil an deinen Hand- oder
Fußgelenken zurück – aber du könntest dich endlich frei
bewegen. Das wäre ein Glück.

Gefällt mir

Stell dir vor, wir würden diesen ganzen Terror nicht mitbekommen. Mit dem, was bleiben würde, bekäme unser Leben eine ganz andere Sichtweise, einen ganz anderen Wert. Wir würden uns anders mit Menschen streiten. Wir würden unsere Diskussionen deutlich mehr schätzen, unsere Meinung stärker vertreten als nur durch das Austauschen unseres Profilbildes. Wir bekämen eine gänzlich andere Art von Anerkennung für das, was durch unsere Lippen fliegt. Wir würden anders damit umgehen. Vielleicht mehr zuhören und besser verstehen. Wir würden anders reagieren. In der Realität. Ich habe das Gefühl, dass wir unser Realitätsdenken verlernt haben. Wir denken nur noch in Bildern, in Likes, in Kommentaren, in Kürze. Weniger in Ausführungen und langen, sinnvollen, interpretationsarmen Formen der Kommunikation. Sobald deine Erzählung, Meinung, Geschichte länger dauert, als es ein Bild vielleicht ausdrücken könnte, bist du für deine Gesellschaft nicht mehr zu ertragen und wirst als uninteressant abgestempelt. Ich möchte wieder richtig zuhören. Mir die Zeit nehmen, mich mit den Dingen richtig zu beschäftigen. So wertvoll sollte meine Zeit doch sein. Ständig wird uns gezeigt, wie schnell unser Leben vorbei sein könnte. Natürlich wollen wir so viel wie möglich gesehen haben. Sehen ist wertvoller geworden als Erleben. Sobald die Wassermassen über dich hereinstürzen, hast du kaum mehr eine Chance, das Wasser abzupumpen.

Spielt es eine Rolle, was man denkt? Wenn doch schon alles gedacht wurde. Wenn jeder Gedanke schon einmal aufgeblitzt ist und man ihn nur nicht richtig behandelt, sondern gleich wieder verworfen hat. Was kann das Denken dann wert sein? Hatte jemals irgendetwas einen Wert? Für mich hat die Zeit den höchsten Wert von allem. Zeit definiert unser Handeln. Tag für Tag. Sogar hier mache ich eine Zeitangabe. Wann spielt Zeit keine Rolle? In den schönen Momenten? Doch auch die sind irgendwann vorbei. Und schon wieder macht uns die Zeit einen Strich durch die Rechnung. Aber wie viel Zeit können wir vergeuden? Und wann nutzen wir unsere Zeit richtig? Darüber gibt es bestimmt ein Buch. Und wenn nicht, hat bestimmt schon jemand darüber nachgedacht eines zu schrieben, oder schreibt bereits fleißig daran. Sogar in der Grammatik verwenden wir die Zeit. Wenn wir reden, sogar wenn wir denken. Wie kann dann anderes wertvoller sein als Zeit? Eine Zeit, die uns gegeben wird auf der Erde zu leben. Unsere Gedanken miteinander zu teilen uns gegenseitig zu streiten, zu lieben, zu hassen, all diese Dinge. Doch kann ich wirklich davon ausgehen, dass meine Zeit begrenzt ist? Die Zeit in der mein Körper auf der Erde verweilt, ja. Doch sind meine Gedanken nicht zeitlos, unabhängig davon, zu welchem Jahr und zu welchem Thema ich meine Gedanken äußere. Sind Gedanken nicht das zeitlose Gut in der Geschichte der Menschheit. Einige Gedanken finden sogar Anklang. Aber sehr häufig von den Menschen, die selbst wenig darüber nachdenken. Worüber soll man aber nachdenken? Sollte man darüber nachdenken darüber nachzudenken, ob es sich lohnt über eine bestimmte Denkweise nachzudenken? Oder ist es nicht sinnvoll, seine Gedanken immer und überall preiszugeben? Muss man sich für seine Gedanken schämen. Oder ist man für jeden Gedanken unschuldig? Wer hat überhaupt die Schuld an der ganzen Misere? Jemand der im Himmel wohnt? Wie ist der Himmel definiert? Wir wissen ja, dass es da oben einfach nur schwarz und voller schöner Sternen-bilder ist. Ein Astronaut müsste man sein. Man würde kaum Zeit erfahren, wenn nicht sogar überhaupt keine. Wenn man nicht gerade eine Armbanduhr trägt. Aber ganz ehrlich. Wenn ich mich in einem Raum befinde, in dem es weder Tag noch Nacht wird, so bin ich doch mehr oder weniger zeitfrei. Wenn man hierbei das Altern außer Acht lässt. Wahnsinn. Wie muss es sein, ohne Zeit zu leben. Das Leben käme einem wahrscheinlich endlos vor. Zeitlos?

Es scheint wohl so, als dass Zeit unsere Taten und unser Denken prägt und manipuliert. Was mache ich, wenn ich äl-ter bin, was soll ich machen, wenn ich Opa oder Oma bin. Was mache ich dann und dann, wie gehe ich morgen an das neue, bevorstehende Projekt heran? Was ergibt es für einen Sinn, frage ich mich, wenn man sich darüber Gedanken macht, wenn doch sowieso alles zeitlos ist! Wenn – wie man es auch dreht und wendet – alles vergänglich ist außer unsere Gedanken! Warum leben wir so verklemmt? Warum geben wir uns selbst Limits? Warum leben wir nicht frei von allen Grenzen. Unsere Gedanken sind auch grenzenlos! Oder haben Sie es schon einmal geschafft nicht zu denken? Ihnen schwirrt immer etwas im Kopf herum. Genauso wie mir, der hier sitzt uns schreibt und schreibt, als gäbe es kein Morgen. Verrückt. Schon wieder muss ich die Zeit angeben. Wie verschwendet ist die Zeit, wenn dieser Text hier gelesen wird? Wie viel ist er wert? Bezahlen wir alle nicht eigentlich mit Zeit anstatt mit Geld?

Die Frage ist doch, ob man versteht. Wer versteht das hier alles? Ich habe lange nicht an diesem Text weitergeschrieben. Ich hatte es irgendwie vergessen. Ich habe in der Zeit allerdings viel erlebt. Fragt sich nur, ob du das lesen willst. Wenn du überhaupt noch liest. Wenn nicht kann ich das irgendwie verstehen. Ist ja doch schon ein wenig seltsam, so etwas zu lesen. Ideen muss man haben. Geld, Geld, Geld, Job, Wohnung. Worte die mir in letzter Zeit sehr häufig im Kopf herumschwirren. Ich muss Geld verdienen, um Spaß haben zu können. Denn alles kostet heutzutage so viel Geld. Wie die Zeit sich ändert. Ja es scheint schrecklich zu sein. Jetzt sind schon wieder fast zwei Tage vergangen, seitdem ich das letzte Mal geschrieben habe. Langsam fühlt sich das Ganze für mich an wie eine Art Tagebuch. Ich habe früher nie Tagebuch geschrieben. Dazu fällt mir eine kleine Geschichte ein. Eine sehr gute Freundin von mir hat jahrelang Tagebuch geführt. Sie hat ihre Geheimnisse fast ausschließlich ihrem Tagebuch und ihren engen Freundinnen anvertraut. Sie hat also damals ihrem Tagebuch anvertraut, dass sie raucht. Eines Nachmittags kam sie nach der Schule nach Hause und hat ihre Schwester dabei erwischt, wie sie in ihrem Zimmer war und ihr Tagebuch gelesen hatte. Sie hat sie darauf hin, was ich als Zuhörer damals sehr belustigend fand, an ihren Haaren aus dem Zimmer gezogen. Die Schwester hat es sofort den Eltern erzählt und meine Freundin hat daraufhin mächtigen Ärger und Hausarrest bekommen. Wenn ich mich richtig erinnere. Ich rauche auch. Seitdem ich neun Jahre alt bin. Nicht wie ein Kettenraucher. Aber ich habe mit neun Jahren, damals war ich in der vierten Klasse, meine erste Zigarette geraucht. Mein damaliger Rauchpartner hatte ein BMX-Bike. Das habe ich irgendwann mal geschrottet. Ich wollte cool sein und damit zwei Treppenstufen hochspringen. Tja, das ging dann wohl voll in die Hose. Meiner Mutter habe ich damals erzählt, ich sei die Kirchentreppen hoch gefallen. Das Resultat war ein gebrochener Arm und eine Entschuldigung bei den Eltern und bei meinem Kumpel. Wir haben uns danach trotzdem noch gut verstanden. Ich bin seither nie wieder BMX gefahren. Auf jeden Fall erinnere ich mich daran, als wäre es gestern gewesen. Wir sind an einen Zigarettenautomaten gegangen und haben eine Schachtel Camel gekauft. Fünf DM waren das damals noch. Gegenüber dem Zigarettenautomaten gab es einen Spielplatz mit einer kleinen Hütte, in der wir uns verbarrikadiert hatten. Der Geschmack von damals trifft mich heute noch ab und zu an. Manchmal, wenn ich eine Zigarette rauche, katapultiert mich der Geschmack zurück in die Zeit, in der ich angefangen habe. In der Schule, die ich damals besucht habe, bin ich immer nur mit den Schülerinnen und Schülern aus der Klasse meines älteren Bruders abgehangen. Wir hatten einen Spielplatz nahe der Schule zu unserem täglichen Treffpunkt, vor und nach der Schule, gemacht. Dort konnten wir entspannen, rauchen, trinken, und was man sonst noch so als Jugendlicher macht. Ich erinnere mich daran, dass mein Bruder damals mit einem Päckchen weißem Pulver angekommen war. Zu Hause haben wir dann einen Jungen, der sich damit auskannte, gefragt, ob es Kokain wäre. Er meinte nur es wäre Waschpulver und hat es an sich genommen, wenn ich mich richtig erinnere. Haha, verrückte Zeit. Was man als Jugendlicher alles für Scheiße baut. Aber das weiß ja schließlich jeder. Allen möglichen „Gangsterkram". Wir sind damals auch in viele leerstehende Häuser eingestiegen, haben gekifft, die Schule geschwänzt, uns mit unseren Freunden getroffen. Ich und mein Bruder waren dabei die meiste Zeit zusammen unterwegs. Zu der Zeit haben wir angefangen Musik zu machen. Mit einer Crew von insgesamt sechs Teenagern. Waren zusammen mit Kollegen auf christlichen Jugendfreizeiten. Allen möglichen Scheiß haben wir gemacht. Aber es war cool. Ich würde es gegen nichts eintauschen. Ich glaube das würden wenige. Je nachdem, wo man herkommt oder aufwächst. Wir haben in den Freizeiten immer ordentlich gebechert. Wahnsinn.

Mein MacBook hatte letztens einen kleinen Unfall, weshalb ich jetzt mit dem Laptop meiner Freundin meine Gedanken zu digitalem Papier bringen muss. Ich hatte vor einigen Minuten noch den Drang etwas zu schreiben, doch irgendwie nervt es mich gerade extrem. Da ich ehrlich gesagt nicht weiß, wovon ich berichten sollte. Aber das ist ja schließlich der Sinn dieses Textes. Einfach drauf los schreiben. Ohne Rücksicht auf Verluste oder stupide Inhalte. Ich bin echt gespannt, ob die Idee fruchtet oder nicht. Ich habe mir eben überlegt, ob es ein Portal oder eine Plattform gibt, auf der ich meine Gedanken veröffentlichen und verkaufen kann. Aber heutzutage gibt es doch für allen möglichen geistigen Kram eine Plattform, um es öffentlich zu machen. Ich frage mich, ob es nicht schon vor mir jemanden gab, der sich gedacht hat einfach mal zu schreiben und zu gucken, was dabei rauskommt. Ich glaube, dass viele denken könnten, es wäre sinnlos. Oder es würde niemanden interessieren, was in einem so vor sich geht. Vielleicht möchte man seine Gedanken beschützen. Ich denke mir dabei: egal. Warum sollte ich meine Gedanken für mich behalten und mich damit belasten oder anfangen mit ihnen zu diskutieren? Ich guck gerade eine Reportage über irgendeinen Swingerclub. Gerade eben schaue ich hoch und sehe den Hintern einer älteren Frau, die sich mit einem Mann vergnügt. Es war die Art von Hintern, die man als junger Erwachsener, wenn man nicht gerade auf kräftige, alte Frauen steht, eher als unschön abstempelt. Ich frage mich, warum Reportagen über sexuelle Themen oder Pornographie immer erst nach zwölf Uhr oder zu später Stunde laufen. Ok, Jugendschutz, aber sollte man die Jugend nicht schon relativ früh aufklären? Ich kenne viele junge Menschen, die bereits Sex haben, oder gar schwanger sind oder waren und aufgrund ihres jungen Alters abgetrieben haben. Warum benutzen die kein Kondom? Wissen sie nicht Bescheid oder sind sie einfach zu blöd und kriegen es nicht hin?

Warum schreibst du nicht mal auf, was dir so durch den Kopf schießt. Ich habe erst vor kurzem wieder den Faden verloren und einfach drauf los geredet. Und schon wieder habe ich vergessen, was ich eigentlich schreiben wollte. Siehst Du. Irgendetwas lenkt mich ab. Vielleicht bin es ich selbst, oder der Fernseher, der nebenbei läuft. Allerdings ohne Tonwiedergabe. Jetzt weiß ich es wieder. Es ging um meinen Schreibfluss. Er wird immer wieder durch das Korrigieren meines Geschriebenen unterbrochen. Denn mein Schreibprogramm zeigt mir an, wenn ich etwas falsch schreibe. Und anstatt nachher ein Rechtschreibprüfprogramm drüber gehen zu lassen, repariere ich lieber gleich meine Fehler. Aber ist das nicht auch in deinem Leben so? Ist es nicht sinnvoller, seine Fehler gleich zu beheben und sich seine Fehler einzugestehen, anstatt später zu versuchen sie zu beheben und ewig viel Zeit damit zu verbringen? Vor nicht mehr als zwanzig Minuten kam ein Bericht über eine Nonne die anscheinend Kinder verkauft haben soll. Hätte sie nicht einfach alles vor Gericht aussagen sollen? Klarheit schaffen sollen. Nur, um die Betroffenen zu beruhigen und ihnen dabei zu helfen, ihre Angehörigen wieder zu finden? Ich fände das nur fair. Sie wahrscheinlich auch. Oder sie interessiert nicht, was anderen widerfährt. Wie dem auch sei. Jedenfalls scheint diese Nonne die einzige noch Lebende von diesem Kinderverkaufsklan zu sein, die die Wahrheit ans Licht bringen könnte. Ich bin gespannt, ob sie in ihren letzten Jahren, die sie noch auf der Erde zu leben hat, mit der Wahrheit rausrückt. Wenn nicht, werden viele, heute bereits erwachsene Kinder, ihre Eltern wohl nie kennen lernen. Bei diesem Gedanken muss ich unweigerlich an meine eigene Familie denken. Es muss eine Art von Kraft geben, die uns hilft, daran zu glauben, dass wir nicht alleine sind. Weshalb bestimmt viele Menschen glauben, dass da oben jemand wohnt und uns alle beobachtet. Ich möchte hier niemanden angreifen. Denn jeder soll doch das Recht haben zu glauben, was er möchte. Ich bin da sehr tolerant und keineswegs engstirnig. Ich kenne einen überzeugten Buddhisten, sowie strenge Christen und Muslime. Auch viele Atheisten und Menschen, die sich keine Gedanken über Religion oder Götter bzw. einen Gott machen. Genug für heute. Und schon wieder ist es spät und ich muss morgen früh raus. Dass ich es einfach nicht schaffe, mittags oder morgens zu schreiben. Verdammt. Egal. Mein Vater hat mir beigepflichtet mir eine bestimmte Zeit zu setzen, in der ich mich hinsetze und einfach schreibe, egal was dabei rauskommt. Durch ihn hatte ich auch diesen Einfall. Was passiert, wenn man einfach anfängt zu schreiben? Und ich bin schon wieder dabei. Mir fiel bei diesem Satz ein, dass ich mir möglicherweise widersprechen könnte. Denn ich weiß mittlerweile nicht mehr, was ich am Anfang meines Gedankenberichts geschrieben habe. Ob ich überhaupt erwähnt habe, von wem ich diese Idee habe oder wodurch und wie ich auf diese Idee kam. Nun ja, ich habe hier bei mir auf dem Tisch einen kleinen Bonsai. Er hat wieder Blätter. Ich hatte ihn, als ich ihn gekauft habe, in mein Arbeitszimmer gestellt und vernachlässigt. Dadurch hat er alle seine Blätter verloren. Irgendwie habe ich es geschafft, dass er wieder Blätter trägt. Er sieht echt gesund aus. Und richtig frisch. Mein Bruder wohnt momentan bei mir. Seit ungefähr vier Tagen. Er fällt allerdings nicht zur Last. Im Gegenteil. Ich freue mich sogar darüber, dass er da ist. Wir bauen gerade unser Studio um. Wir haben die letzten Wochen eine Aufnahmekabine darin installiert, um endlich die Recordings bei uns machen zu können. Bislang sind wir immer ins Studio nebenan gegangen. Das ist jetzt aber nicht mehr.

Es ist schon wieder einiges passiert. Ich habe das Gefühl, dass ich das Gefühl für gute Musik verliere. Das macht mir echt zu schaffen. Letztens bin ich spazieren gegangen und habe ein kleines Bild gefunden. So in Passbildformat. Darauf zu sehen: eine Frau. Dann ging es los in meinem Kopf. Ich fing an, eine Geschichte zusammen zu spinnen, die wie folgt ging:

Sören war ein normaler Typ. Er stand morgens früh auf. So gegen 6.00 Uhr und dachte sich jedes Mal: fünf Minuten, nur noch fünf Minuten. Er ging nicht viel mit Freunden aus. Er war sehr einsam. Hatte wenig soziale Kontakte. Er ging eigentlich nie aus dem Haus. Es sei denn, zum Einkaufen. Doch an diesem Tag war alles anders. Aus einem unergründlichen Grund verließ er das Haus.

Als er den Gehweg entlanglief, entdeckte er ein kleines Foto auf dem Boden liegen. Er bückte sich und hob es auf. Das Bild zeigte eine Frau. Sie war wunderschön. Es war kein großes Bild. Es maß nur zwei mal drei Zentimeter. Es war ein kleines, Schwarzweißportrait. Er war so fasziniert von dieser Frau, dass er sich dazu entschloss herauszufinden, wer sie war. Er machte es, ohne Rücksicht auf seine Arbeit und sein bisheriges Leben, zu seiner neuen Lebensaufgabe.

So lief er, nur mit dem, was er bei sich trug, seinem Geldbeutel mit etwas Kleingeld und seinem Mobiltelefon von Haustür zu Haustür in seiner Straße und fragte die Menschen, die ihm die Tür öffneten, ob sie die junge Frau auf dem Bild kannten. Keiner konnte ihm sagen, wer sie war. Also lief er weiter. Bis er sich von Haustür zu Haustür zum Ende aller ihm bekannten Straßen durchgefragt hatte. Erschöpft von der Fragerei und den abweisenden Antworten, die er bekam, gelangt er schlussendlich zum Bahnhof. In der Bahnhofskneipe bestellte er sich einen Kaffee und setzte sich auf die Eckbank, neben die Spielautomaten. Es waren seltsame Gestalten in so einer Bahnhofskneipe, dachte er sich. Alkoholiker, Spielsüchtige und spielsüchtige, betrunkene Alkoholiker. Als er aufstand, nachdem er seinen Kaffee bezahlt hatte, fiel das Bild auf den dreckigen Boden der Bahnhofskneipe. Glücklicherweise trat niemand darauf. Die nette Bedienung hob das Bild auf und zischte etwas vor sich hin. Das hörte Sören und er fragt die Dame, ob sie die junge Frau auf dem Bild kenne. Sie antwortete mit einem mürrischen ‚Ja'. Sören wollte herausfinden, ob die Dame von der Bahnhofskneipe Genaueres über seine Bildfrau sagen konnte. Doch alles, was er herausfand, war, dass sie vor einigen Tagen hier war und ohne zu zahlen gegangen war. Die Dame hatte ihr hinterhergeschrien, doch schon war die Bildfrau im Zug verschwunden. Da er das Geräusch des Zuges bereits hören konnte sprang Sören auf, um den Zug zu erwischen. Vielleicht haben Tagespendler die Frau auf dem Bild gesehen und konnten ihm weiterhelfen.

Er lief durch den ganzen Zug und fragte alle Passagiere, ob sie die Frau kannten. Nichts. Im letzten Abteil angekommen, wurde er nach seiner Fahrkarte gefragt. Der Schaffner. Er hatte vergessen ein Ticket zu lösen und versuchte nun dem Schaffner zu erklären, doch dieser schien so schlecht gelaunt, dass Sören ihn direkt mit auf die Bahnhofswache begleiten musste.

Dort saß er nun und wartete mit einem Bild in der Hand, ohne Fahrkarte in der Tasche und ohne eine Spur, auf sein Schicksal.

Als er von seinem Bild aufblicke, sah er einen Clown, der ihm gegenübersaß. Der Clown war lustig geschminkt. Er hatte eine dicke, rote Nase und zu große Schuhe an. Dazu trug er ein blau-grün-rot gestreiftes Kostüm. Wie ein echter Clown eben. Der Clown blickte auf und er guckte schnell weg. Der Clown bemerkte das Bild in seiner Hand, stand auf und zog seine Clownsnummer durch, als wäre er in der Manege. Sören war verwirrt. Es war ihm unbehaglich und er stand auf. Er drehte sich zur Wand, um dem Clown nicht zusehen zu müssen. Diese Gelegenheit nutzte der Clown, um sich hinter Sören zu stellen und ihn nachzuahmen. Als Sören das bemerkte, drehte er sich um und stieß mit seiner Brille gegen die große, dicke, runde, rote Clownsnase. Der

Clown tat so, als wäre seine Nase gebrochen. Sören war nicht in der Stimmung zu lachen. Er setzte sich. Als er dem Clown abwinkte, konnte dieser einen Blick auf das Bild erhaschen. Er erkannte die Frau sofort. Camilla. Die junge Frau die in seinem Zirkus die Kamele und Pferde gefüttert und gepflegt hatte. Er berichtete Sören davon. Als Sören wegen der Fahrkarten-Lappalie endlich wieder auf freiem Fuß war und mit seiner Kreditkarte die Strafe bezahlt hatte und versprach sich von nun an eine Fahrkarte zu kaufen, machte er sich sofort auf den Weg zum Zirkus, zu dem ihn der Clown verwiesen hatte.

Weiter bin ich mit der Geschichte nicht gekommen. Wir haben beide schnell das Interesse daran verloren. Du kannst die Geschichte fertig schreiben, wenn Du möchtest. Ist das nicht großartig, dass ich Dir selbst beim Lesen so viele Möglichkeiten anbiete, die Du entweder wahrnimmst oder bleiben lässt? Was für ein Gentleman.

Als ob ich einfach aufhöre zu schreiben. Aber wahrscheinlich werde ich irgendwann aufhören so wie ich begonnen habe. Was geschieht, wenn ich einfach aufhöre zu schreiben. Mal sehen. Wie fühlst du dich, wenn ich einfach aufhören würde? Wäre es unvollständig? Oder endlich genug von dem Geschwafel. Ich kann mich im Moment nicht konzentrieren, um etwas wertvolles auf mein digitales Blatt zu kriegen.

Ich habe mir gerade Gedanken über das Titelblatt des Textes gemacht. Ich höre gerade ein bisschen Blues und habe mich eben dazu entschieden, dass ich diesen Text jetzt abschließe und nicht weiterschreibe. Der Text hat mich einige Zeit lang beansprucht. Aber ich habe keine Lust mehr und konzentriere mich jetzt auf andere Dinge. Vielleicht schreibe ich irgendwann ein richtiges Buch. Mit einem konkreteren Verlauf. Mit einem Roten Faden. Aber wahrscheinlich ist mein Faden Purpur.

Schreibblockaden

Schreibblockaden stören. Der Druck, der bei einer Schreibblockade entsteht, macht mich fertig. Man ist doch von sich selbst überzeugt, aber bekommt nichts auf das Papier. Woran liegt das? Nur kreative Köpfe werden von solchen Blockaden heimgesucht! Alles ist Dreck. Nichts ist gut genug für das, was ich sagen will. Keine Worte vermögen der Aussage Tiefe zu verleihen. Es liegt an der eigenen Verfassung oder an der Umgebung. Es liegt an unserem inneren Wohlbefinden, dass wir es nicht schaffen uns auszudrücken. Das bedeutet nicht, dass wir uns nicht ausdrücken können. Das kann ich im Moment auch. Nur lassen sich dafür nicht die richtigen Worte finden. Alles klingt banal und zu einfach. Ich verstehe es nicht! Die Worte verlieren ihre Wirkung, sobald ich sie aufschreibe. Die Musik ist doch bereits vorhanden. Kompositionen sind nicht das Problem. Kompositionen funktionieren. Wobei ich von den zwölf Tönen, die es gibt, auch ziemlich genervt bin. Nicht von meiner Kreativität, aber von der Tatsache, dass viele Dinge, die seither mein Leben gefüllt haben, nicht länger vermögen mich zu erfüllen.

Eine Idee

Sie kommt aus dem Nichts und verändert alles. Sofern du in der Lage bist, sie zu Ende zu führen. Aber oftmals scheitert es an der Umsetzung. Warum dann nicht die Idee verkaufen und daraus Kapital schlagen? Schöne Idee. Aber denk an die Umsetzung!

Eine wilde Fahrt

Mach dich bereit für eine wilde Reise. Dieser Text könnte
dich in den Wahnsinn treiben. Du könntest die Verbindung
verlieren, aber das ist nicht schlimm, denn ich werde sie
auch ständig verlieren. Dieses Textdokument wird ein wei-
terer Versuch, mich der Welt mitzuteilen. Du darfst jedenfalls kein zu hohes Gewicht auf die Worte legen, die du
liest, denn meine Sprache ist, wie du bald schon merken
wirst, nicht immer das, was du meinst, was sie bedeutet. In
meinem Leben haben sich viel zu viele Seitenstränge zu
Worten und deren Bedeutung entwickelt, dass ich selbst
manchmal darüber erstaunt bin, wie faszinierend doch die
deutsche Sprache ist. Jedenfalls möchte ich mit diesem Text
meinem *Ich* ein wenig Ausdruck verleihen und gleichzeitig
ein Bild von meiner Neurodivergenz vermitteln. Ich habe es
nie offiziell diagnostizieren lassen, aber ich stoße bei Re-
cherchen immer wieder auf Hinweise, die darauf hindeuten,
dass irgendeine Definitionen von *andersdenkend* Teil meines Denkapparats ist. Ein Beispiel: Ich habe vor Kurzem
herausgefunden, dass eine Freundin von mir eine sehr ge-
ringe Vorstellungskraft hat. Das konkrete Beispiel war: Äpfel pflücken. Sie sagte mir, dass sie eben ein weiteres *To Do*
auf ihre Liste setzt: *Wir müssen Äpfel pflücken.* Ob wir das
nachher noch machen wollen? Ich habe sofort damit begonnen mir die Situation vorzustellen. Und damit meine ich:
Welche Muskeln werde ich dabei betätigen, wie sieht das
aus, wie genervt werde ich davon sein, dass mich die Blätter und Insekten berühren; Ich werde nach einiger Zeit anfangen zu schwitzen, das bedeutet Naturreste, wie kleine
Blätter oder Teile der Baumrinde werden an mir kleben,
meine Hose wird anfangen an meinen Beinen zu kleben,

mein T-Shirt wird an mir kleben, ich werde mir mit meinen dreckigen Händen durchs Gesicht fahren, um den Schweiß abzuwischen, ich benutze den Apfelpflücker, um in die Baumkrone zu reichen und dort mit einer Drehbewegung, die ich als unangenehm in Erinnerung habe, die Äpfel in den Sack am Apfelpflücker fallen zu lassen, einige werden daneben fallen; Ich spüre die Anstrengung in meinen Schulter, morgen werde ich Muskelkater in den Schultern haben, und so weiter. Also jedes erdenkliche, bereits einmal Erlebte – ich habe schon einmal Äpfel gepflückt – habe ich dabei durchlebt und entschieden, ich saß gerade so bequem und mein Energielevel hat es nicht zugelassen: Nein! Jetzt bin ich nicht motiviert. Die Vorstellung davon hat mich nicht überzeugt. Ich habe ihr genau das erklärt und sie hat gelacht und fand es beeindruckend, wie sehr ich darüber nachdenken kann. Dann wollte sie wissen, ob ich das immer mache. Die Antwort ist: Ja. So gut wie immer. Wenn ich mir etwas vornehme, dann sehe ich die Situation meist vor meinem inneren Auge, und werde nur in wenigen Fällen mit einem anderen Gefühl oder Ergebnis überrascht. Aber in ca. 90% aller Fälle, passiert genau das, was ich mir vorstelle. Das gute, als auch das Schlechte. Ich habe irgendwann einmal gelesen oder gesehen, dass Menschen Pausen in einem Gespräch als nicht unangenehm empfinden. Ich finde es wahnsinnig anstrengend. Ich bin auch schnell gelangweilt. Wenn ich mich zum Beispiel mit einem Freund nach einiger Zeit wieder treffe, dann hat er mir meist nicht viel Neues zu erzählen. Es dreht sich immer um das Gleiche: „Ich habe einen neuen Job, ich habe das und jenes immer noch nicht geschafft, ich fühle mich immer noch so und so." Es ödet. Weil ich es vorher schon *weiß*; Nicht den genauen Wortlaut, aber das Gefühl, das mir mein gegenüber zu vermitteln versucht, ist in fast allen Situationen kongruent zu meiner Vorstellung. Ich versuche dann herausfordernde Fragen zu stellen, doch oftmals wird der Kontext nicht verstanden. Weil ich zu schnell bin – vielleicht – oder es zu lange dauern würde meinen Gedankengang zu erklären. Denn zuhören können meine Gegenüber auch nicht. Es geht ihnen auch meist gar nicht darum anderen zuzuhören, sondern sie wollen lieber selbst erzählen. Das empfinde ich als ein großes Manko der Menschen: keiner möchte mehr zuhören. Aber das gestaltet sich natürlich als schwierig, wenn man selbst so viel erzählen möchte, oder sich von der Seele sprechen muss. Das ist auch vollkommen in Ordnung. Nur führt das in den meisten Fällen, von einer Seite aus zumindest, zu Unbehagen oder Unverständnis. *Ich bin weniger wert als der andere* und *Mein Gegenüber hört mir gar nicht zu.* Aber auf beiden Seiten! Ich habe mich ein wenig damit abgefunden, dass ich der Zuhörer bin, wenn ich denn mal das Pech habe, wieder in so eine Situation zu kommen. Dann höre ich mir eben zum x-ten Mal an, wie die gleichen Probleme und Geschichten mein „Gesprächspendant" beschäftigen. Es ist ja eher ein Monolog als ein Dialog. Weil ich doch merke, wie wichtig es dem Menschen ist, bin ich bescheiden und lasse ihn reden. Ich finde es dann ab einem gewissen Zeitpunkt fast schon faszinierend, mit welchen Themen sich das Leben doch füllen lässt.

Letztens saß ich am Strand und habe über Schönheit nachgedacht. Dazu habe ich dann einen kleinen Text geschrieben. Das kommt gleich. Davor noch ein paar Gedanken: Beim Spaziergang runter an den Strand hat meine Begleitung gesagt: „Es ist so schön hier." Ich konnte damit nichts anfangen. Ich habe sie gefragt, was sie genau damit meint.

„Na, das hier eben. Die Farben am Himmel, die durch den
Sonnenuntergang leicht Purpur sind, gemischt mit dem
Blau und dazu die ruhige, fast spiegelglatte See. Das ist
eben schön. Es ist lauwarm und ein leichter Wind weht."
Ich habe es trotzdem nicht verstanden. Was ist denn Schön-
heit? Was ist schön? Mein Text dazu geht so:

*Was weiß ich schon was Schönheit ist. Manche sehen sie in
sich, andere in dir. Manche in einer idyllischen Landschaft.
Manche, wenn die Sonne hinter dem Horizont rutscht. Man
findet sie in der Stille, in einer Skulptur, einem Gemälde, einer Sinfonie. Du findest sie sogar im Alter, zwischen den
Falten. Schönheit in Objekten, Schönheit im Gefühl. Das
Schöne steckt im Detail; Im Kleinen, im Übersehbaren.
Schönheit ist sogar nur in deinen Gedanken – sie ist da,
wenn du die Augen schließt. Sie versteckt sich in Berührungen, im Kontakt, im Wind. Aber was Schönheit wirklich ist,
kann mir keiner erklären.*

Details. Ich bin ein Riesenfan von Details. Schon als kleiner Junge habe ich stundenlang auf dem Boden gelegen und
die Ameisen bei ihrer Arbeit beobachtet. Ich bin fasziniert
vom Beobachten. Wie bewegen sich Insekten genau? Mit
ihren kleinen Fühlern, was schmecken sie? Ich bin fasziniert davon Facettenaugen anzuschauen. Wie ihr Körper zu-
sammenhängt. Manchmal nur an einer ganz schmalen, kleinen Stelle. Warum sind Bienen oder Wespen so komisch
dreigeteilt? Das ist doch merkwürdig, oder nicht? Was mich
auch beeindruckt, ist, wie sich leichte Lebewesen in der
Schwerkraft verhalten. Sie plumpsen anders. Sie bewegen

sich anders, weil sie klein sind. Stell dir mal vor, wir könnten, wie ein Käfer das 100-fache unseres Gesichts tragen! Irgendein Käfer kann das bestimmt. Ist kein Sachbuch. Das ist unvorstellbar. Aber im Reich der Kleinen ist es scheinbar keine Seltenheit. Ich meine, so ein Mistkäfer schiebt schon ordentlich! Wir müssten dafür wahrscheinlich elendig lange trainieren. Und selbst dann wäre es gefährlich und ziemlich extrem! Wie ein Muskelprotz, der ein Flugzeug schiebt. Aber im Käferreich ist es ganz normal, dass man das macht. Absolut wild. Hast du schon mal einen Käfer dabei beobachtet, wie er über einen Grashalm klettert? Das sieht manchmal ganz schön ulkig aus. Unbeholfen. Ich weiß nicht, ob daran der Luftwiderstand schuld ist. Könnte sein. Der kleine Windhauch auf unserer Haut ist für den Käfer bestimmt wie ein Orkan. Wir können den auch einfach wegpusten. Kein Problem. Einmal tief Luft holen und *puh*! Weg ist er. Dann breitet er seine Flügel aus und rettet sich in die Lüfte davon. Tut einem Käfer ein Sturz eigentlich weh? Die fallen doch bestimmt öfters vom Baum als wir, und krabbeln dann einfach weiter. Wir Menschen würden entweder sterben oder mit gebrochenen Knochen ins Krankenhaus kommen. Ich mag keine Krankenhäuser. Der Geruch ist komisch. Alles ist weiß und neutral, keine interessanten Details, die mich so schön ablenken können. Aber manchmal ist es gut die Ablenkungen einzulenken und sich wieder auf sich selbst zu konzentrieren. Meinen Energiehaushalt zu regulieren, tief durchzuatmen, zu meditieren. Im Geiste abschalten. Nichts denken. Geht das, geht das nicht? Lass ich mich von meinen Fragen ablenken? Es ist alles nur eine Frage der Übung. Man muss eben damit anfangen und dann klappt das schon. Stimmt nicht ganz, denn es gehört ja auch dazu, daran zu denken, dass man das eigentlich machen wollte. Und wenn die Gedanken im Moment nicht präsent sind, können sie mich auch nicht daran erinnern. Aber was ist denken? Darüber habe ich schon einmal mit meinem Bruder diskutiert. Er sagt, dass Denken nicht beeinflusst werden kann. Wenn wir zum Beispiel hinfallen, dann ist direkt der Gedanke: „*Fuck! Gleichgewicht verloren. Schmerzen. Knie aufgerissen*". Und so weiter. Aber klar ist auch, dass uns nie der Gedanke an Papier kommt, wenn wir nicht immer wieder an Papier denken. Die Beschaffenheit, die Herstellung von Papier, und was es sonst noch so über Papier zu wissen gibt, wie zum Beispiel seine Geschichte. Wieso sollten also Gedanken an Papier in uns entstehen, wenn wir uns nie damit beschäftigen. Wenn wir uns also mehr mit positiven Gedanken beschäftigen, dann rufen wir vielleicht „*Hurra!*", wenn wir hinfallen. Da ist wieder die Schwerkraft. Auch ein abgefahrenes Prinzip, wenn man bedenkt, dass wir scheinbar mit einer entsprechenden Geschwindigkeit durch das All rasen und die Erdkugel sich dreht. Für manche unvorstellbar. Für manche ist es ein Diskus. Was ist auf der anderen Seite des Diskus? Hihihi. Aber so ist das doch bestimmt mit verschwörerischen Theorien, oder? Wir hören uns etwas an, denken immer mehr darüber nach, sind vielleicht gelangweilt von dem, was wir schon kennen und denken wieder und wieder darüber nach, bis wir meinen zu sehen, was wir denken und übernehmen schließlich das, was wir uns minuten-, stunden-, tage- oder sogar monate- und jahrelang eingeredet haben. Ein Strudel, der uns hinabzieht in seine Willkür. Irgendwann sind wir überzeugt von dem, was wir uns selbst erzählen. Sei es über unseren Körper, unser Aussehen, unsere Gefühle, unsere Umwelt. Wir verschließen unsere Augen vor dem, was andere herausfinden, was andere erforschen, womit andere manchmal ihr ganzes Leben verbringen, aber wir vertrauen lieber uns selbst, denn schließlich wissen wir nicht, ob die anderen auch ein Bewusstsein haben und vielleicht arbeiten die anderen schlampiger als wir selbst. Vielleicht kennen die anderen aber schlichtweg mehr Fakten und wir könnten uns wenigstens dazu bringen zuzuhören! Und mit zuhören meine ich auch wirklich zuhören! Nicht nur den Mund halten, während der andere redet, sondern wenigstens zu versuchen, das aufzusaugen, was der andere mit mir kommuniziert. In seiner Sprache. Die nicht automatisch auch meine Sprache ist. Sprache. Sprache ist so schwer zu verstehen. Eigentlich viel zu fein, um als Menschen miteinander klarzukommen. Unvorstellbar, dass wir uns alle doch irgendwie verstehen. Halbwegs zumindest. Die deutsche Sprache allein hat viel zu viele mehrdeutige Worte parat, als dass irgendwer in der Lage wäre, sie so zu nutzen, dass sie immer eindeutig wäre. Aber wie funktioniert das dann? Wir suchen nach den richtigen Worten, um etwas zu beschreiben. Manche sind gut darin, haben es geübt. Aber Menschen, die das nicht so oft üben, und deren Wortschatz weniger groß ist, tun sich möglicherweise schwer darin dem Kontext eines Gesprächs zu folgen. Darum gibt es so etwas wie einfache Sprache, die angeblich universell verständlich ist. Ich weiß es nicht, ich habe mich wenig damit beschäftigt. Einfache Worte. Wortneubildungen. Neologismus. Fantasie? Was, wenn meine Fantasie nicht ausreicht? Ich hatte letztens über Fantasie nachgedacht und stelle mir vor, dass Fantasie wie eine große unsichtbare, unerschöpfliche Wolke über uns allen schwebt. Ausgangspunkt dafür war ein Gespräch, in dem mein Gegenüber meinte, sie habe nicht so viel Fantasie. Ich dachte mir, Fantasie ist keine Kapazität oder hat eine bestimmte

Menge, die bei zwei Menschen unterschiedlich groß wäre. Sondern eben diese Wolke, aus der sich jeder etwas nehmen darf, wenn er es gerade braucht. Mache nehmen sich einfach etwas mehr davon. Ist dieser Vorgang, also die Vorstellung von dieser Fantasiewolke, Kreativität? Weiß ich nicht, denn für mich bedeutet Fantasie erst einmal nur, dass ich mir etwas vorstelle, dass momentan vielleicht noch nicht real für mich ist. Vielleicht andernorts, aber eben momentan nicht bei mir. Wenn ich mir also etwas vorstelle, ist das doch erst einmal fantastisch, denn ich kann in meinem Kopf ein Bild malen. Etwas kreieren. Das ist schon etwas anderes, als über eine Sache nachzudenken, die schon einmal gedacht und mir präsentiert wurde, also schon existiert – in meiner Realität. Wenn ich aber anfange Dinge hinzuzuerfinden, dann bediene ich mich eben dieser Wolke. Denn dann fehlt noch etwas für meine Vorstellung. Dann kann ich meine Fantasie präsentieren. Aussprechen. Und mein Gegenüber verwirren oder begeistern, manchmal auch verärgern. Aber eigentlich ärgert sich mein Gegenüber nicht über mich, sondern darüber, dass mein Fantasiewolken-Bruchstück individuell ist. Und das ist doch das Faszinierende, oder nicht? Mein eigenes Stück Fantasiewolke. Ich kann auch für mich entscheiden, dass ich es nicht teilen möchte. Wir teilen so viel. Auf den Sozialen Medien, im Bus, in der Bahn auf der Straße. Ein Lächeln, ein grimmiges Gesicht, ein nachdenkliches Gesicht. Unsere Stimmung, immer und überall. Aber wie schützt man sich selbst dagegen? Wie viel färbt auf mich ab? Wie fantasievoll kann ich Blicke, Düfte, oder Berührungen wahrnehmen, interpretieren, meine eigene kleine Welt beeinflussen lassen? Wie macht man das? Muss man das lernen? Ich weiß nicht, ob ich das gelernt habe. Hast du?

Augenkontakt

Genießen wir die Tatsache, dass wir dem Gegenüber nicht in die Augen blicken müssen. Ich selbst haben mich schon des Öfteren dabei erwischt, dass ich bei direktem Augenkontakt, während eines Gesprächs, plötzlich begonnen habe zu schwitzen und mich so unwohl gefühlt habe, dass ich unbedingt den Blick auf etwas anderes richten musste. Die Augen sind schließlich der Spiegel der Seele. Stimmt es, dass der direkte Blick von Auge in Auge uns bloßstellt? Wie viel Kommunikation findet in diesem Augenblick statt, wenn sich zwei Menschen während einer Konversation direkt in die Augen blicken? Wie intensiv ist der Austausch? Wie lange kann man durchhalten?

Auf der Landstraße

Eigentlich ist es keine Landstraße. Es ist eher ein frisch asphaltierter Feldweg, der neben einer Straße verläuft. Eine Verbindung zwischen zwei Dörfern, die nur circa einen Kilometer auseinanderliegen. Auf der linken Seite liegt ein Feld. Rechts ist die Straße, je nachdem aus welcher Richtung man kommt. Für mich jedenfalls liegt das Feld momentan auf der linken Seite. Es ist später März, also ist noch nicht viel darauf zu sehen. Auf der anderen Seite fahren immer wieder Autos vorbei, die die Idylle eines verregneten Nachmittags stören. Der Himmel ist mit einer tristen, grauen Watte überzogen, hinter der, irgendwo weit entfernt, die Sonne scheint. Meine Brille wird nass. Es regnet nicht sehr stark. Während ich laufe, spüre ich, wie meine Hose an meinen Beinen reibt. Es stört mich nicht, doch ich spüre ganz genau, an welchen Stellen meine Beine mit dem Jeansstoff in Berührung kommen. Auch spüre ich unter meiner rechten Fußsohle den Boden sehr deutlich. Meine Socke rutscht ein wenig hin und her. Aber nur rechts, links ist alles so wie es sein soll. Hier spüre ich nichts Zusätzliches, außer dem Boden unter der Schuhsohle. Rechts unter dem Fußballen, ein unangenehmes Gefühl, das ich versuche zu ignorieren. Es gelingt nicht. Plötzlich sticht es in meinem linken Zeh. Aber es ist kein betäubender Schmerz und ich laufe ganz normal weiter, als sei nichts gewesen. Meine Nase läuft. Vielleicht ist es der kühle Wind, der mir ins Gesicht bläst. Meine Augen tränen ein wenig hinter den Brillengläsern. Ich ziehe die Nase hoch, anstatt in ein Taschentuch zu schnäuzen. Taschentücher werden nur im äußersten Notfall eingesetzt, nicht aber wegen einer solchen Lappalie, wie einer leicht tropfenden Nase. Es ist auch nicht wirklich ein Tropfen, sie läuft ein wenig. Mehr nicht. Ich laufe übrigens allein auf dieser Landstraße. Ich war eben zu Besuch in einem Einkaufsladen und dachte mir, dass ich noch ein paar Schritte gehen könnte. Es ist schließlich gesund. Und was gesund ist, schadet nicht. Während ich also von dem einen Dorf zum nächsten laufe, kommt mir ein Gedanke. Ich denke über meine Gedanken nach, über meine Empfindungen, meinen Zeh, der plötzlich schmerzt, und daran, was diese Gedanken sind. Nicht, was sie zu bedeuten haben, sondern ich stelle mir vor, dass sie, wie kleine Wolken, meinen Kopf verlassen, nachdem sie entstanden sind. Denn nachdem ich sie, gewollt oder ungewollt, in meinem Kopf kreiert und aufgenommen habe, können sie auch wieder gehen. Doch wo gehen sie hin? Bleiben sie an der Wegmarkierung in der Luft hängen? Vielleicht kann ich sie, wenn ich auf dem Rückweg bin, wieder einsammeln. Wenn ich mir merke, wo ich sie gedacht habe. Zeit für ein Experiment, denke ich. Ich nehme mir also einen Stein vom Wegesrand. Der liegt da, ganz teilnahmslos, als hätte er darauf gewartet, dass ich ihn aufhebe. Perfekt. Ich lege den Stein also ein paar Zentimeter vom Wegesrand entfernt auf die Landstraße und denke daran, wie ich daran gedacht habe, ob ich Gedanken so wiedertreffen kann. Aufgrund des schlechten Wetters sind keine anderen Menschen unterwegs, sodass mein Experiment nicht von anderen gestört werden kann. Ich laufe weiter und entscheide mich, dass ich bei jedem neuen Gedanken einen weiteren Stein oder etwas anderes, wie einen Stock zum Beispiel, stellvertretend für einen Gedanken, den ich gedacht habe, und der unentwegt auftaucht, an die Stelle lege, an der mir der Gedanke kam und mich wieder verlassen hat. Mein Experiment läuft hervorragend und nach einigen Metern kann ich schon auf einen großen Haufen Stöcke und Steine zurückblicken. Nun lasse ich es gut sein und werde vorne am Ortsschild umdrehen und mich auf den Rückweg machen. Irgendwer hat hier einen Haufen Stöcke und Steine in meinen Weg gelegt. Kurzerhand trete ich sie alle zur Seite und mache mich auf den Heimweg.

Ameisenhaufen

Städte sind wie Ameisenhaufen. Alle die darin umherlaufen haben eine wichtige Aufgabe zu erledigen. Alle wuseln durcheinander, haben ein konkretes Ziel. Die einen besorgen Lebensmittel, andere richten Wohnungen ein, wieder andere reparieren, und einige gebären Nachwuchs. Sie gehören alle zusammen. Rennen auf den Straßen aneinander vorbei, ohne sich zu grüßen, denn ihre wichtige Aufgabe verbietet es. Sie können nicht anhalten. Sie müssen das Gewusel aufrechterhalten. Sonst stört es den Ablauf. Alles ist durchgetaktet. Wie ein streng notiertes Musikstück. Wundersam geleitet, ohne einen Dirigenten. Keiner hat je den Taktstock erhoben und ein gezählt. Und doch laufen sie in perfekter Abstimmung durch den Haufen. Immer ihr Ziel im Visier. Es gibt kaum Abweichungen. Nur wenn du es von außen betrachtest, kannst du es sehen. Oder wenn du kurz stehen bleibst. Doch dann kann es passieren, dass du zurückfällst, oder noch schlimmer: ein Chaos auslöst. Doch es wird nur ein paar Minuten dauern, dann läuft alles wieder seinen gewohnten Gang. Denn Eindringlinge werden schwer bestraft, in diesem perfekt einstudierten System. Warst du schon einmal in einem Ameisenhaufen? Noch nicht? Dann solltest du unbedingt einen besuchen. Es gibt verschiedene, und jeder ist auf seine Art einzigartig. Einige sind überfüllter als andere und andere wiederum sind etwas freundlicher und wieder andere scheren sich überhaupt nicht darum, ob ein Besucher zugegen ist oder nicht. Ja wirklich. Ich war mal in einem. Ich habe es gewagt. Ich habe das System durchstochen, habe mich angehalten, etwas darüber zu erfahren. Wollte von den Ameisen wissen, wo sie denn hinlaufen und ob sie je an ihr Ziel kommen.

Doch glaubst du irgendeine konnte mir sagen, wo sich ihr Ziel befindet? Nein, natürlich nicht. Und schon war sie wieder weg. Dann bin ich wieder gegangen. Es war kaum auszuhalten in dem Gewirr.

Handschrift

Der Vorteil einer Handschrift ist das Persönliche. Es ist anmutig zu lesen. Der Schreibende legt schließlich seine ganze Fähigkeit in den Vorgang. Er überlegt, was er schreibt. Jeder Buchstabe muss wohl bedacht sein, bevor die Feder das Papier trifft. Nur eine falsche Bewegung, ein leichtes Zucken, kann den ganzen Vorgang zunichte machen. Die Anspannung ist förmlich erkennbar, wenn der Schreibende erregt ist. Die Feder wird mit Kraft auf das Papier gedrückt. Die Tinte saugt sich in das Briefpapier und breitet sich zu einem dicken und triefenden Buchstaben aus. Schwungvolle Bewegungen zeugen von Enthusiasmus, Engagement, Willenskraft und Zorn. Anders ist es wiederrum, wenn ein Liebender schreibt. So kann die Tinte träumerisch über das Papier fliegen. Es spielt keine Rolle, ob der Bogen oder die Ecke im Buchstaben perfekt sitzt wie bei einer Kalligrafie. Es zählt das Wort, welches auf das vorherige folgt. Es muss schön zusammenpassen. Die Lesende soll sich von den Worten ergriffen fühlen, nicht von der Stiftführung. Viel mehr zählt der poetische Geist des Verfassers. Ist allerdings eine Unterschrift gefragt, so geht es schnell. Einstudiert und geübt, ganz gleich mit welchem Stift. Die Bewegung ist immer gleich. Ein Automatismus, der faul macht. Gekonnt, wie ein Fechtprofi, wird der Stift über das Papier gezogen und besiegelt damit das Urteil. Handschrift ist etwas Beeindruckendes. Denn löschen lässt sich nichts, ohne weiteres. Was einmal geschrieben wurde, kann nur durch Gekritzel unkenntlich gemacht werden. Ganz anders verhält es sich mit der Schrift auf dem Computer. Hier kann ich nach Belieben löschen und neu schreiben. Kann immer wieder überarbeiten, editieren, austauschen, ausprobieren, was wirkt. Ein recht unpersönliches Dokument wird dadurch geboren. Langweilig, anspruchslos, fast schon öde und provozierend. Bin ich es denn gar nicht wert, dass sich jemand die Mühe macht, mir zu schreiben? Wenigstens wurde der Vertrag unterschrieben. Damit ist das Urteil gefällt.

Rhythmus

Wer kann denn schon behaupten, dass das Leben einen Rhythmus hat? Nur, weil wir morgens aufstehen, zur Arbeit gehen, nachmittags nach Hause kommen und dann irgendwann abends im Bett liegen. Als würde nichts anderes passieren. Es ist doch immer wieder irgendetwas. Du glaubst keine Freunde zu haben, aber wenn dir etwas zustößt, sind alle daran interessiert, wie es dir geht. Wenn du in Geld schwimmst, dauert es meistens nicht lange, bis du in Rechnungen ertrinkst. Sobald sich deine berufliche Perspektive gefestigt hat und du dich mit deinem Alltag angefreundet hast, bekommst du auf einmal die Nachricht, dass sich alles verändern wird! Anstatt die Richtung beizubehalten, wirst du aufgefordert einen neuen Weg einzuschlagen. Und jetzt? Bleibst du auf der sicheren Seite oder gehst du ins Unbekannte und lässt alles auf dich zukommen? Ich für meinen Teil gehe! Ich habe sowieso nichts zu verlieren, außer mein Bein und mein Leben, das am Ende nichts mehr wert sein wird. Also mache ich mich mal auf den Weg. Mal sehen, wie weit ich mit einem Bein komme. Man hört voneinander. Spätestens dann, wenn mir etwas zustößt oder ich in Geldsorge bin!

Das Leben ist schön

Bitte nicht lesen! Sind wir doch mal ehrlich: Das Leben ist das Beste, das uns passieren konnte. Sicherlich gibt es große Differenzen zwischen einzelnen Verhältnissen. Es gibt tatsächlich ein Leben neben dem Krieg, dem Hunger, dem Durst und der Armut. Ich war nie bei der Bundeswehr und das Leben ist schön. Ich musste nie Hunger leiden und das Leben ist schön. Ich hatte nie richtig Durst. Nach Dingen oder Wasser. Das Leben ist schön. Ich kann sagen, dass ich noch nie viel Geld hatte. Das hatten meine Eltern für mich. Das Leben ist schön. Vor meiner Tür herrscht Frieden. Ich habe mich nie geprügelt. Ich werde geliebt, führe eine Beziehung, fühle mich glücklich, ich bin ein Überlebenskünstler. Das Leben ist schön.

Konzert

Ich war vor kurzem auf einem Konzert. Der Künstler war sehr von dem Mut und der Furchtlosigkeit der Europäer, nach den Anschlägen in Paris, beeindruckt. Wir haben ihn gefeiert und er hat uns gefeiert. Ein Gemisch aus Liebe, Wut und Sorglosigkeit erfüllte den Raum. Liebe zwischen dem Künstler und uns, dem Publikum. Liebe zwischen den einzelnen Konzertbesuchern, die alle aus dem gleichen Grund hier waren. Wut über die Welt, die sich außerhalb des Konzertsaals befand. Wut, die jeder Einzelne nachvollziehen konnte. Und Sorglosigkeit über den weiteren Verlauf des Abends. Sorglosigkeit über alles, was in diesen drei Stunden außerhalb der Konzerthalle geschah.

Wir haben uns die Zeit vor dem Konzert in der Stadt vertrieben und uns über die politische und gesellschaftliche Situation in Europa und unsere Ängste unterhalten. Wir hatten alle ein seltsames Gefühl auf das Konzert zu gehen. Und dennoch hatten wir ein unvergessliches Erlebnis. Es wurden die Songs gespielt, die wir uns insgeheim gewünscht hatten und wir haben die Texte laut und aus tiefster Überzeugung mitgesungen.

Es gab nur eine Sache, die wir drei partout nicht verstanden haben und bis dato nicht verstehen können. Musik hat eine ganz besondere Kraft! Musik hat diese unbeschreibliche Eigenschaft uns von allem anderen zu isolieren. Musik lässt uns in Trance fallen. Musik lässt uns abschalten. Musik hilft uns dabei, unsere Gefühle zu verarbeiten. Musik ist eine eigene Sprache, die in jedem Land, in jeder Kultur, in jeder Gesellschaft und in jedem Individuum gesprochen wird und die Menschheit über alle Grenzen hinweg vereint.

Musik ist grenzenlos! Warum also diese Magie zerstören?
Ich kann verstehen, dass man diese unvergesslichen Momente festhalten möchte. Dein Smartphone kann ein Video von deinem Star aufnehmen. Es kann Bilder von dir festhalten, diesen Moment nach draußen weiterleiten, deine Freunde ein wenig neidisch machen oder sie daran teilhaben lassen. Das Problem dabei ist nur, dass dein Smartphone meinen magischen Moment zerstört! Und das möchte ich nicht länger dulden! Ich möchte diesen Moment erleben. Dieser Moment in dem ich von der virtuellen Welt, von der kaputten Welt, von der unfreundlichen Welt abgeschottet bin. Diesen Moment möchte ich gerne genießen können und mich fallen lassen. Ich möchte die Gemeinschaft und Liebe in dem Konzertsaal ohne Störsignale empfangen können. Und das kann ich nicht, wenn du direkt vor mir dein Smartphone in die Luft hältst und mich dazu zwingst, das Konzert auf einem Smartphone Display zu verfolgen! Wenn du das Konzert filmen möchtest, dann bitte von der hinteren Wand aus! Damit unterbrichst du keine Momente, die ich im Herzen abspeichere. Dein Smartphone fällt auf den Boden und geht kaputt, dein Herz und die Erinnerung an diesen Moment nicht. Lass die Magie der Musik leben!

Ein Bild sagt mehr als tausend Worte
Doch lässt mein Wort ein Bild entstehen
Fliegst du wie ein Vogel hoch
Kannst auf dem Grund des Meeres gehen
Weck sie auf, die Fantasie
Sie träumt von dir bei Sonnenschein

Sie sitzt so tief in deinem Kind
Lass sie bitte nicht allein

Das weiße Blatt

So viele Ideen, die meinen Kopf schon verlassen haben.
Alle scheitern daran, dass keiner sie ernst nimmt, oder sich
wenigstens dafür interessiert. Spielen. Schreiben. Aufnehmen. Schreiben tut gut. Ich lasse meinen Gedanken einfach
freien Lauf und würfele nach und nach alle Geschichten zusammen. Mir ist letztens ein sehr schöner Vergleich einge-
fallen zu dem, was ich machen möchte. Stellen wir uns vor,
wir schlagen einen Rohdiamanten aus unserem Herzen, geben einem Stück unserer Seele eine ungeschliffene, rohe
Form und beginnen, diese dann nach und nach zu formen
und zu bearbeiten. So, dass am Ende ein wunderschöner
Diamant in unseren Händen zu finden ist. Der nur so von
Schönheit funkelt. Dieser Diamant ist so voller Energie und
Schönheit, dass man seinen Blick gar nicht mehr davon los-
kriegt. Man möchte diesen Diamanten nun der Welt präsentieren. Doch die Reaktionen sind unterschiedlich. Manche
sind so begeistert, wie man selbst. Andere sind stark abge-
neigt. Wiederum andere interessiert nicht, was sie sehen.
Vielleicht, weil sie nicht sehen können oder sehen wollen.
Was allerdings seltsam ist, bei den Menschen, die den Diamanten sehen und so davon begeistert sind, ist, dass keiner
dieser Menschen ihn jemals wiedersehen will. Keiner aus
dieser Kategorie sorgt sich darum, was mit diesem Diamanten geschieht. Keiner ist daran interessiert dafür zu sorgen,
dass der Diamant wieder unter ihre Linse kommt. Sie sind
nur von der Art der Präsentation begeistert, aber nicht von
dem Stein selbst. Ja, das ist alles, was bleibt. Irgendein

Stein. Ob es ein Diamant war oder ein Saphir oder ein Marmorbrocken, oder ein Kieselstein. Es spielt keine Rolle, denn sie erinnern sich nur noch an das, was außen herum geschah. Und wenn ich keine Rauchen gehen würde, könnte ich noch stundenlang darüber philosophieren, was jene Menschen empfunden haben und was nicht. Wovon sie beeindruckt waren und wovon nicht.

Schicksal

Der Begriff ‚Schicksal' ist für die meisten Menschen die Erklärung für eine extreme Situation. Er beschreibt lediglich ein Phänomen. Etwas, mit dem man nicht gerechnet hat. Der unerwartete Tod einer geliebten Person, oder so. Es muss dabei nicht negativer Natur sein. Es können auch positive Dinge sein, wie beispielsweise eine Begegnung, die alle verändert. Die große Liebe, oder was auch immer. Das bedeutet auch, dass das Schicksal nur in extremen Situationen existiert und nur in überraschenden Momenten Bedeutung findet. Das ist Schwachsinn! Es gibt kein Schicksal! Ich bin der Überzeugung, dass es nur das ‚es muss so sein' gibt. Und dazu gehören nicht nur extreme Situationen, sondern jeder einzelne Moment, der von einem Menschen wahrgenommen wird. Ich spreche vom Moment nicht als Zeiteinheit. Denn ein Moment lässt sich nicht in Zeit einspannen. Ein Moment ist eben nur ein Moment. Wenn wir also einen Moment wahrnehmen, so reagieren wir umgehend auf diesen. Mit Gefühlen, Gedanken und Handlungen. Diese Gefühle und Gedanken sind alle intuitiv und sind keine aktiven Prozesse oder Vorgänge, sondern Entscheidungen, die nur in einem Moment stattfinden. Und jeder einzelne Moment der Wahrnehmung bestimmt unser Handeln. Wir, die fähig sind zu denken und wahrzunehmen, müssen tagtäglich Entscheidungen treffen. Und unsere Entscheidungen werden, wie bereits erwähnt, von unserer Wahrnehmung beeinflusst. Das ist das Wesentliche. Alles, was passiert, und wahrgenommen wird, muss so von uns wahrgenommen werden, denn sonst würde es nicht wahrgenommen werden und wir wären nicht dort, wo wir im

Moment sind, oder nehmen nicht das wahr, was wir wahrnehmen, sondern würden etwas anderes wahrnehmen.

Hier

Kennst du diese Bilder mit Sprüchen? Bilder mit Sprüchen,
die uns sagen, wie wir uns zu fühlen haben, um ein besserer
Mensch zu sein. Bilder, die beschreiben, wie die perfekte
Welt auszusehen hat. Bilder, die uns vorschreiben, welchen
Gedanken wir pflegen und welche Gedanken wir verdorren
lassen sollen. Die uns zeigen, wie unser Gefühlsgarten aussehen soll. Mit was wir unseren Gefühlsgarten gießen sollen. Mit Hassreden gegen hassende Menschen. Mit Verur-
teilungen gegen Verurteilende. Bilder von Menschen in
Booten. Bilder von Tieren die geschlachtet werden. Bilder
von Menschen, denen nichts wichtiger ist, als ihre Gesundheit und ein perfekt trainierter Körper. Menschen, die sich
hinter Videos verstecken. Videos, die zeigen, wie ein
Mensch einem anderem hilft. Ich sehe Menschen, die sich
verstecken, aus Angst ihr Leben sei nicht interessant genug.
Gruppen von Menschen werden gebildet, die gegen andere
Gruppen rebellieren. Gruppen, die aus fiktiven Personen
bestehen. Gruppen, die sich eine Aufgabe im Leben gegeben haben oder haben geben lassen. Gruppen, die nicht
existieren. Gruppen, die sich auf Inhalte stützen, die von
virtuellen Menschen weitergegeben werden. Ich liebe diese
Welt. Eine Welt die nicht existiert. Aber wie kann ich etwas
lieben, das nicht existiert. Ist das Glaube? Ist die virtuelle
Welt Gott? Eine Frage des Glaubens. Wer glaubt, dass ich
im Internet lebe, lebt nicht in meiner Welt. Die weltweite
Verknüpfung ist eine wunderbare Sache. Ich kann Menschen so nah sein und gleichzeitig so fern. Ich kann aus der

Realität flüchten und mich neu erfinden. Ein neues Individuum schaffen. Aber wer fängt mich auf, wenn ich den Rechner ausschalte? Wer fängt mich auf, wenn mein Akku leer ist? Wer ist da, wenn keiner meiner Bekanntschaften online ist. Wo bin ich, wenn ich die virtuelle Welt verlasse? Wer ist für die Menschen, die die virtuelle Welt verlassen, da? Bist du da? Bist du bereit diese Welt zu verlassen, um in der anderen Welt genauso zu handeln, wie du es in dieser Welt gewohnt bist zu handeln. Gehst du auf Menschen zu und sagst ihnen, dass sie gut aussehen? Gehst du auf Menschen zu und bietest ihnen deine Hilfe an? Konterst du in Gesprächen mit Sarkasmus, Zynismus, Liebe und Hass? Sagst du deinem Gegenüber, dass er gut aussieht? Hast du den Mut genauso zu handeln? Oder schreibst du ihm lieber schnell eine Nachricht via WhatsApp? Trägst du Gemälde mit dir herum, um deine Gefühle zu beschreiben?

Ich sehe Menschen, die sich darüber beklagen, dass sie zu Maschinen werden. Ich sehe Menschen, die Mut haben. Aber nicht den Mut haben, mir in die Augen zu sehen. Ich sehe eine Menschheit, die versagt hat. Eine Menschheit, die ihrer eigenen Sprache nicht länger Herr ist. Eine Menschheit, die eine neue Sprache entwickelt. Eine Menschheit, die zu einer großen Maschine wird. Eine Maschine, die von allein funktioniert. Ein neues System. Ein größeres System. Ein besseres System. Ein System. Kein Mensch hat System. Das Leben ist kein System. Aber das Leben findet auch nicht hier statt. Dein Leben ist ein großer, stinkender, schimmelnder Haufen Dreck! Weil du dich nicht darum kümmerst, diesen Haufen zu entfernen, sondern davor flüchtest. Wir machen uns selbst zu Gegenständen und wollen zu Produkten werden. Wir streben nach Erfüllung und können sie hier finden. Eine Schlange, die sich in den Schwanz beißt. Eine Menschheit, die nicht weiß, wo sie hinmöchten. Die sich führen lässt und gegen ihre Führer protestiert. Eine Menschheit, die meint, alles erklären zu müssen. Eine Menschheit, in der immer einer besser weiß, was gut für alle anderen ist. Eine Menschheit, in der Individualismus großgeschrieben, aber gleichzeitig Egoismus verabscheut wird. Eine Gesellschaft, die sich darüber beschwert, wie ignorant und egoistisch die Gesellschaft ist. Eine Menschheit, die vorgibt, andere Menschen zu tolerieren, zu lieben und zu beschäftigt damit ist, über andere zu diskutieren, anstatt sich selbst zu kritisieren. Alles in allem kann man sagen, dass diese Menschheit nichts kann und partout nichts gelernt hat. Ich liebe euch.

FANTASIE

Willkommen in der Welt der Fantasie. Hier ist alles wahr, wenn du es willst.

Der volle Mond

„Ho, ho, ho", lachte der Mond. „Sieh' mich an, so dick und rund. So voller Leuchtkraft, dass ich bis auf den Boden der Erde sehen kann. Ich leuchte sogar bis in dein Zimmer hinein. Sieh mich an! Sieh meine Pracht! Du brauchst kein Kerzenlicht. Ich will's schon hell machen. Spürst du meine wonnige Energie? Wie die der Sonne, nur nicht so heiß. Ich will nicht, dass du verbrennst, doch sieh wie schön ich glänze. Viele schreiben mir Gedichte, viele rufen mich zur Nacht. Nur du scheinst grimmig zu sein? Was hat dir die Lust genommen? Bin ich nicht das Schönste, das du jetzt zu sehen bekommst? Wer leuchtet, außer mir, noch so prächtig? Die Sterne können es nicht sein. Sie sind gar zu klein. Wen verehrst du zu dieser Stunde? Kenne ich ihn oder sie? Bin ich dir nicht gut genug? Warum schaust du so? Verloren in Gedanken an vergangene Zeiten. In deinem Schlafanzug, auf deinem Hausdach. Willst du zu mir kommen und mich umarmen?" „Nein, lieber Mond. Ich möchte schlafen."

Die Feder

Filigran. So würde ich sie im ersten Augenblick beschreiben. Völlig objektiv. Ganz neutral. Ohne, dass ich etwas über sie weiß. Ich kenne ihre Fähigkeiten nicht, weiß nicht was sie denkt. Vielleicht fühlt sie nur. Lässt sich treiben von der Kraft des Windes. Von der Energie, die sie umgibt. Sie ist unsichtbar. Leise, fast heimlich, findet sie ihren Weg. Ganz von allein. Ohne Führung. Nur durch ihre Anwesenheit. Nicht aktiv, aber auch nicht passiv. Denn sobald du sie entdeckst, hast du die Wahl, was du mit ihr anstellst. Folgst du ihr mit deinem Blick, solange bis du ihren Umriss nicht mehr vom Horizont unterscheiden kannst? Oder fängst du sie und legst sie hinter ein Glas, um sie zu präsentieren? Pustest du sanft, um ihren Kurs zu beeinflussen? Was immer du tust, sie wird filigran bleiben. Denn so habe ich sie beschrieben.

Geschichte

Mir geht es ganz und gar nicht gut. Ich bin mal wieder
pleite. Obdachlos und betrunken. Das restliche abgestan-
dene Bier konnte mich ein letztes Mal in diesen Zustand
versetzen. Doch jetzt ist es vorbei. Ich muss etwas ändern.
Ich kann so nicht weitermachen. Ich habe jeglichen Bezug
zur Realität verloren. Wann das genau war, weiß ich nicht
mehr jedenfalls war es nicht vor meinem fünfundzwanzigs-
ten Geburtstag. Wann ich Geburtstag habe, weiß ich nicht
mehr. Vielleicht hatte ich gestern Geburtstag. Vielleicht
habe ich auch erst in zwei Wochen Geburtstag. Wirklich
darüber nachgedacht habe ich nie. Wie alt ich bin, weiß ich
nicht mehr. Werde ich es jemals wieder herausfinden? Ich
weiß es nicht. Das Einzige, das ich weiß, ist, dass ich etwas
ändern werde. Ich werde nicht wieder trinken. Außer Wasser natürlich. Ich muss wieder klarkommen. Mein Leben in
den Griff kriegen. Wer kann mir dabei helfen? Ich glaube
nicht, dass es jemand verstehen würde und einen Grund finden könnte mir zu helfen. Ich hatte alles in meinem Leben.
Ich habe einen sehr guten Schulabschluss, habe studiert und
dennoch irgendwann den Faden verloren. Und jetzt lebe ich
auf der Straße, bin alkoholabhängig und ungeliebt. Unge-
pflegt und unrasiert. Ein Abschaum der Gesellschaft. Aber
ich will nicht mehr.

Die Rabenkönigin

In einer alten Burg, da lebt die Rabenkönigin. Sie wird so genannt, weil sie pechrabenschwarz gekleidet ist. Ihre Kleider sind mit Federn beschmückt, so schwarz, dass selbst die Nacht ganz neidisch auf ihre Dunkelheit ist.

Und jedes Jahr, das für sie wie ein Tag ist, steigt die Rabenkönigin auf den höchsten Turm ihrer Burg und breitet ihre Flügel aus. Jeder weiß, sie fliegt davon, um die Seele eines Kindes zu stehlen. Denn das ist es, was die Menschen glauben. Sie erzählen sich, dass sie die Seelen braucht, um ihre Dunkelheit zu erhalten. Darum verstecken die Eltern zur Rabennacht ihre Kinder vor der Diebin.

Doch in diesem Jahr sollte es anders kommen. Der Mond war noch nicht wieder zur Hälfte geboren, da lag ein kleiner Junge in seinem Bett und konnte nicht schlafen. Er lebte in einem Waisenhaus und hatte keine Eltern, die ihn vor der Rabenkönigin hätten verstecken können. Auch er kannte die Geschichten der Rabenkönigin. Das war auch der Grund, warum er nicht schlafen konnte. Er blinzelte nur einmal kurz und schon saß sie auf seinem Fensterbrett. Die Rabenkönigin. Und dann sprach sie zu ihm: „Fürchte dich nicht. Ich bin hier, um die Dunkelheit von dir zu nehmen." Der Junge konnte sich nicht rühren. Aber er verspürte keine Angst. Es war eher Neugierde, gepaart mit einem unerklärlichen Drang sich unter der Bettdecke zu verkriechen. „Mein liebstes Kind", sprach die Rabenkönigin mit ihrer mütterlichen Stimme. „Ich möchte dir etwas schenken." Mit diesem Worten flog sie wieder davon. Es dauerte eine Weile, bis der kleine Junge sich wieder bewegen konnte. Er kroch vorsichtig an sein Fenster, um nachzusehen, ob die

Rabenkönigin auch wirklich verschwunden war. Zu seinem Erstaunen fand er eine silberne Schere an seinem Fenster liegen. Auf der stand eingraviert: *Zerschneide mich und ich werde frei sein.* Aber was sollte er zerschneiden?

Als der Junge am nächsten Morgen aufwachte, war er so glücklich, dass er nicht von der Rabenkönigin entführt wurde und glaubte, dass er nur schlecht geträumt hatte. Doch dann sah er die Schere. Er steckte sie in seine Tasche und ging nach draußen. Es gab schließlich niemanden, der sich um ihn kümmerte. Als er nun den Menschen auf der Straße begegnete, da sah er über vielen Köpfen schwarze Tücher hängen. Sie bedeckten ihre Gesichter und Gedanken. Er verstand sofort, was der Satz auf der Schere der Rabenkönigin zu bedeuten hatte. *Zerschneide mich und ich werde frei sein.* Und so zerschnitt er kurzerhand alle Tücher, die er finden konnte und befreite so einen nach dem anderen von seinen dunklen Gedanken.

Die Rabenkönigin beobachtete das Treiben des Jungen, stieg von ihrem Turm und wurde nie wieder von jemandem gesehen. Auch ihre Geschichte war bald vergessen. Und doch kannst du sie immer wieder als Rabe fliegen sehen. Dann kontrolliert sie, ob weiterhin zerschnitten wird, was nicht sein soll.

Der Schattenspieler

In der Stadt gibt es einen Mann, der nennt sich der Schattenspieler. Sein Handwerk ist es Geschichten zu erzählen. Dies macht er aber nicht mit seinem Mund, sondern mit seinen Schattenfiguren. Manche seiner Geschichten sind so gruselig, dass sie nur Erwachsene sehen dürfen. Doch die erzählen sie gerne ihren Kindern, damit sie ihnen gehorchen. So war das damals. Andere Geschichten wiederum sind extra für die Kinder gemacht. So auch diese, die ich euch erzählen möchte. Ich kenne sie aber auch nur von meinen Eltern, also kann es sein, dass ich das ein oder andere vergessen habe oder etwas dazuerfinde.

Alles beginnt im Waisenhaus einer Stadt, deren Namen für diese Geschichte unwichtig ist. In diesem Waisenhaus lebt ein junges Mädchen. Ihr Name war…ja, wie war noch ihr Name? Ich glaube sie hieß: Lara. Lara war ein normales Kind. Sie aß ungerne Gemüse, liebte Süßigkeiten und spielte gerne draußen vor der Stadt, in der Natur oder rannte mit ihrem Ball durch die vielen Menschen, die auf den Straßen unterwegs waren. Das Leben war großartig – bis auf eine Kleinigkeit: Sie war das einzige Kind im Waisenhaus. Und es gab kein anderes Kind in ihrem Alter, dass mit ihr spielen wollte. Jeden Abend, wenn sie nach einem langen Tag im Bett lag, bat sie darum, doch endlich einen Spielkameraden zu bekommen.

Eines Tages las sie auf einem Plakat – sie konnte nicht lesen, aber die Bilder erzählten es ihr – dass der Schattenspieler in die Stadt kommt. Ein geheimnisvoller Mann, der nicht nur fantastische Geschichten zu erzählen hat, sondern auch magische Kräfte haben soll. Gerüchten zufolge sind seine Schatten, die er aus Papier schneidet, lebendig! „Ich will ihn besuchen und ihn fragen, ob er mir nicht einen Schatten abgibt, damit ich einen Freund zum Spielen habe.", dachte sich Lara. „Immerhin hat er genug Papier, um sich immer wieder selbst neue Freunde zu machen."

Am Abend schleicht sich Lara hinter den Wagen des Schattenspielers und durchsucht seine Papierstapel. Der Schattenspieler ist gerade mit seiner Show beschäftigt. Und dann sieht Lara ihn. Einen freundlichen kleinen Jungen aus Papier. „Ach wärst du nur schon lebendig?", flüstert Lara ihm zu. Und zu ihrem Erstaunen flüstert der Schatten zurück: „Ich bin es schon. Heb mich auf und halte mich gegen die Lampe des Schattenspielers. Ihr Licht ist gefüllt mit einer magischen Essenz, die meinen Schatten frei gibt." Gesagt, getan. Lara hält das Papier gegen das Licht und der Junge springt von der Wand des Wagens, entlang der Straßenlaterne direkt hinter Lara und tippt ihrem Schatten auf die Schulter. Es ging alles so schnell, dass Lara Schwierigkeiten hatte dem Schatten des Jungen zu folgen. Sie erschrickt, als sie plötzlich einen Finger auf ihrer Schulter spürt. Aber da war niemand. „Das war ich!", sagte der Schattenjunge. „Das war ich!", lachte er. „Danke, dass du mich befreit hast. Endlich muss ich nicht mehr das tun, was der Schattenspieler mir sagt. Danke!" „Kannst du mit mir spielen?", wollte Lara neugierig wissen. „Ja, sicherlich! Schließlich verdanke ich dir meine Freiheit. Was wollen wir als erstes machen?"

Die beiden fingen an durch die Straßen zu laufen und genossen den Moment ihrer Freiheit. Doch schon bald ertönte die große, schwere Kirchturmuhr und Lara musste zurück ins Waisenhaus. Die beiden verabredeten sich für den nächsten Morgen. Sie wollten sich den Sonnenaufgang anschauen und dann den ganzen Tag Verstecken und Ball spielen und was ihnen sonst noch so einfallen wird.

Am war Lara schon ganz früh auf den Beinen, um den Sonnenaufgang nicht zu verpassen. Sie zog sich an und eilte vor die Tore der Stadt. Der Junge war schon da. Er musste nicht schlafen. Denn, wenn die Sonne untergeht, wird er Teil der großen Dunkelheit. „Wie ist die große Dunkelheit?", wollte Lara wissen. „Unheimlich. Dort gibt es nichts. Man ist irgendwie nur Teil eines großen Nichts. Es ist ein bisschen beängstigend. Aber irgendwie auch schön, weil ich mir keine Sorgen machen muss. Ich weiß ja, dass der nächste Tag kommt und die Sonne mich wieder weckt." „Uh, das ist ja gruselig.", schlotterte Lara. „Wünschst du dir manchmal ein richtiger Junge zu sein?" „Ja, das wäre toll. Aber das ist ein gefährlicher Weg! In der großen Dunkelheit höre ich immer wieder, wie die anderen Schatten flüstern und wimmern, wie gerne sie selbst leben möchten, um der Dunkelheit zu entkommen." „Was müssen wir dafür tun, damit du ein echter Junge wirst? Damit ich dir endlich einen Namen geben kann?", wollte Lara wissen. Der Schattenjunge schaute sie an und überlegte. „Es gibt eine Zauberhexe, die meinem Schatten einen Körper geben kann. Aber dafür verlangt sie immer etwas von einem lebenden, echten Menschen. Ich kenne nur dich und ich möchte dich dieser Gefahr nicht aussetzen. Denn wenn es schiefgeht, würdest du etwas verlieren." „Ich habe doch nur dich", sagte Lara. Sie hatte schon längst entschieden, dass sie sich auf dieses Abenteuer einlassen will.

Die beiden suchten also die Zauberhexe auf, die in der Lage war, den Schattenjungen in einem richtigen Jungen zu verwandeln. Dafür verlangte sie nichts anderes als Laras eigenen Schatten. Doch den musste sie vorab abtrennen, ansonsten würde der Tausch nicht funktionieren.

Dann kam dem Schattenjungen eine Idee: „Wir werden einfach den Schattenspieler fragen, ob er uns hilft. So wie du mich vom Papier getrennt hast, kann er bestimmt deinen Schatten von deinem Körper trennen!" „Ein Leben ohne Schatten, wie das wohl sein wird?", dachte sich Lara, war aber schnell überzeugt. „Das machen wir!"

Der Schattenspieler hörte sich die Geschichte der beiden an. Da er genug andere Schatten hatte, war er auch nicht böse, dass Lara ihm seinen Schattenjungen gestohlen hatte. Denn alles, was er wollte, war es den Menschen eine Freude zu bereiten. Und so half er dabei Laras Schatten von ihrem Körper zu trennen. Der Plan ging auf. Denn nicht nur das Trennen des Schattens klappte ganz einfach, es zwickte nur kurz an Laras Füßen, sondern auch die Zauberhexe war mit Laras Schatten zufrieden. Und so wurde der Schattenjunge zu einem echten Menschen und Lara gab ihm den Namen Horst, weil sie das lustig fand. Für Horst war das in Ordnung, denn er war froh überhaupt endlich einen Namen zu haben. Bei dem Tausch durch die Zauberhexe wurde Horst aus seinem Schatten geboren und den Schatten von Lara hatte nun die Hexe.

Horst und Lara lebten von nun an ohne ihre Schatten, doch das war ihnen egal, denn so mussten beide nie zurück in die große Dunkelheit und lebten ein Leben voller Licht und Freude.

Hauptmann Herz und die Liebesritter

Hauptmann Herz war ein sehr stolzer und guter Hauptmann. Denn seine Mission war es Herzen zu reparieren und das Böse in ihnen zu besiegen. Dazu hatte er immer sieben Liebesritter an seiner Seite, die so treu waren, dass sie ihr eigenes Herz für den Hauptmann geben würden.

Hauptmann Herz bekam vom König den Auftrag alle Herzen zu heilen, die ihm auf seinem Weg begegnen. Koste es, was es wolle. Und Hauptmann Herz war seiner Aufgabe ebenso treu, wie seine Liebesritter es ihm waren. So begannen sie ihren Streifzug durch das Königreich.

Da begegnete ihnen ein Mann, der war so wütend, da fragte ihn der Hauptmann: „Was ist geschehen, dass du so wütend bist?" „Mir wurde mein Vieh gestohlen und ich kann es nicht zurückverlangen." „Wer hat dein Vieh gestohlen?", wollte Hauptmann Herz wissen. „Es war ein kleines Mädchen! Doch da ich einem kleinen Mädchen nichts antun kann, so müssen andere herhalten!" Da stellten sich die Liebesritter um den Mann und fixierten ihn mit ihren Lanzen, so dass Hauptman Herz mit einem Schlag seines goldenen Schwertes allen Hass aus dem Herzen des Mannes verbannen konnte. Doch war dafür so viel Kraft vonnöten, dass Hauptmann Herz einen Teil seines eigenen Herzens dafür geben musste.

Alsbald kamen Sie an einem Wald vorbei, da stand eine junge Frau, die so voller Zorn war, dass sie den ganzen Wald verbrennen wollte. Da fragte Hauptmann Herz: „Was ist dir widerfahren, dass du den ganzen Wald in Brand stecken willst? „Ich wurde von einem kleinen Mädchen so verärgert, dass ich nicht weiß, wohin mit meiner Wut!"

„Lass ab von deinem Groll, junge Frau!", rief einer der Lie-
besritter. „Hauptmann Herz wird's schon richten und dein
Herz den Hass vergessen lassen!" Und wieder standen die
Liebesritter im Kreis um die Frau und Hauptmann Herz
durchschnitt all den Hass der Frau mit seinem goldenen
Schwert. Doch war dafür so viel Kraft vonnöten, dass
Hauptmann Herz einen Teil seines eigenen Herzens dafür
geben musste.

Weiter des Weges begegneten Sie einem Greis, der so bitterlich weinte, dass der Fluss schon bald über die Ufer tre-
ten würde. Hauptmann Herz fragte den Alten: „Was betrübt
dich und macht dein Herz so schwer, dass der Fluss zu viel
Wasser bekommt?" „Mir wurde meine Tochter genommen.", schluchzte der Greis. „Und es gibt keinen, der sie
mir zurückbringen kann." „Lass uns dein Herz erleichtern
alter Mann.", sprach einer der Liebesritter. „Der Hauptmann wird's schon richten!", rief ein anderer. Und schon
standen Sie um den Greis und der Hauptmann vertrieb all
die Trauer aus dem Herzen des Alten. Doch war dafür so
viel Kraft vonnöten, dass Hauptmann Herz einen Teil seines
eigenen Herzens dafür geben musste.

So ging es lange Zeit fort und Hauptmann Herz und seine
Liebesritter befreiten einen nach dem anderen von allem
Bösen und Schlechten. Doch Hauptmann Herz hatte bereits
erkannt, dass er nicht alle heilen konnte, solange er nicht
das kleine Mädchen, von dem alle sprechen, findet. Und so
beratschlagte er sich mit seinen Liebesrittern: „Wir müssen
das kleine Mädchen finden, dass uns diese Spur aus Dunkelheit legt?" „Du hast so viel für die Menschen in unserem
Land gegeben. Darum werden wir auch unseren Teil beitragen!", sagte ein Liebesritter. „Das ist sehr mutig von euch,

doch eure Herzen sind zu schwach und ich brauche euch an meiner Seite!" „Dann werden wir alle den Lockvogel spielen, um es herauszulocken. Wir sind immerhin sieben!", sprach ein zweiter Liebesritter. Und als alle Liebesritter einverstanden damit waren, so ihre Treue zu zeigen, konnte Hauptmann Herz nicht länger widersprechen und ließ seine Liebesritter nach dem Mädchen suchen. Schon bald kamen sie zurück und berichteten ihrem Hauptmann, sie hätten das Mädchen gefunden. „Es sitzt in einem Berg. Doch dieser ist so dunkel, dass wir es ohne deine Hilfe nicht schaffen ihn zu betreten.

Sogleich begaben sich Hauptmann Herz und seine Liebesritter zum Berg. Es war wirklich dunkel. So dunkel, dass sie nichts sehen konnten. Doch Hauptman Herz hatte noch ein wenig Leuchtkraft in seinem Herzen übrig, sodass er den Weg erhellte und schließlich mit seinen Liebesrittern zusammen zum kleinen Mädchen kam.

„Warum bist du so böse, kleines Mädchen? Was haben dir all diese Menschen getan?", wollte er von ihr wissen. „Keiner liebt mich! Also dürfen die anderen auch keine Liebe haben!" Der Hauptmann wusste, dass er für das kleine Herz des Mädchens seine ganzen Kräfte aufbrauchen und es ihn sein eigenes Leben kosten würde. Doch er war schließlich ein treuer Hauptmann und so zögerte er nicht lange und schnitt ein letztes Mal das Böse aus einem Herzen. Sogleich fiel er keuchend um und alles um ihn herum wurde zur ewigen Dunkelheit.

Die Liebesritter, die mit ihm gegangen waren fingen bitterlich an zu weinen, als sie ihren Hauptmann am Boden liegen sahen. Das Mädchen aber, das nun von ihrem Hass befreit war, beugte sich über Hauptmann Herz und sagte: „Du hast mich gerettet. Also werde ich dich retten." Sie lächelte, als sie ihm einen Kuss auf sein Herz gab, das unter seiner Brust sofort wieder zu schlagen begann.

Die beiden Beine

Es waren einmal zwei Beine. Die waren an einem Körper befestigt. Ein Bein war links, ein Bein war rechts angebracht. Die beiden Beine waren schon alt. Wobei 47 Jahre nicht wirklich alt ist. Die beiden Beine sind gemeinsam durch dick und dünn gegangen. Früher, als sie noch nicht ganz so stark waren, wie sie es jetzt sind, wurden sie noch hinter dem Körper hergezogen. Doch von dem Moment an, als sie ihrer Aufgabe gerecht wurden, waren sie nicht mehr aufzuhalten. Sie hatten verdammt viel Spaß zusammen. Sie stritten sich von Zeit zu Zeit darüber, wer weiter vorne wäre. „Hey, lass mich nicht zurück!", rief das linke Bein, als es vom rechten überholt wurde. Ebenso rief das rechte Bein „Hey, warte auf mich!", als das linke grinsend an ihm vorbeiflog.

Natürlich gab es auch Phasen, in denen die beiden Beine eine längere Zeit direkt nebeneinander lagen. Nämlich dann, wenn der restliche Körper schlief und sich erholte. Doch selbst dann versuchten die beiden Beine sich so zu positionieren, dass sie möglichst nah beieinander waren. Denn sie mochten sich sehr.

Eines Tages beklagte sich das rechte Bein: „Ach, ich verspüre schon wieder diesen Druck in mir! Ich bin kurz davor zu platzen!" „Beruhige dich wieder, darüber beschwerst du dich schon jetzt die dritte Nacht in Folge!", meinte das linke Bein. „Kein Wunder", sagte es weiter, „wir sitzen ja auch fast ununterbrochen nur leicht gekrümmt herum und sind kaum mehr in Bewegung. Mir ist auch schon ganz langweilig! Manchmal zwicke ich deswegen den Fuß, der unten an mir hängt. Ein lustiger Geselle. Er wird dann immer von der Hand gekratzt. Und ich werde bewegt." „Du Glückspilz", seufzte das rechte Bein. „Mir geht es ganz und gar nicht gut. Ich habe nicht einmal mehr die Kraft mich richtig zu bewegen. Wenn das so weiter geht, werde ich nicht mehr lange bleiben." „Hahaha, wo willst du denn hin gehen, ohne mich?", lachte das linke Bein.

So verging die Zeit. Dazu muss man wissen, dass die Zeit als Bein anders vergeht, als man es möglicherweise gewohnt ist. Das rechte Bein wurde sehr schnell immer dunkler und fing immer öfter an zu bluten. „Hey, was ist los?" fragte das linke Bein. Doch sein Partner war schon so schwach geworden, dass er kaum noch einen Laut von sich geben konnte. „Hey! Du darfst mich jetzt nicht verlassen! Was soll ich denn ohne dich machen? Hey! Kumpel! Antworte mir doch!" Doch das rechte Bein war bereits tot und schon halb zerfallen.

Das linke Bein verbrachte einige Tage in Trauer um seinen langjährigen Gefährten. Es lag nun lange Zeit am Stück nur herum und hatte überhaupt keine Lust mehr sich zu bewegen. Schlafen und langes Liegen gehörte zu seinen Hauptbeschäftigungen. Ab und zu beugte es sich ganz leicht, um zu spüren, dass es noch da war. Es vermisste seinen Freund. Es war traurig und ihm war langweilig.

Als es eines Tages aufwachte, da lag es in einem sehr hellen Raum. Es konnte kaum etwas anderes sehen als weißes, grelles Licht. „Hey Kumpel", hört es auf einmal eine Stimme rufen. Es war eine freundliche Stimme, die es fröhlich machte und als es sich nach rechts drehte, lag dort ein Bein. Aber es war anders. Silbern. Glänzend. Frisch. „Wer bist du? Bin ich im Himmel? Es ist so hell hier.", fragte das linke Bein. „Ich bin dein neuer Kumpel. Eine Beinprothese. Aber das hast du bestimmt an meinem metallenen Look schon erkannt." Das linke Bein wusste überhaupt nicht, was es sagen sollte. Es war ganz verwirrt. Es dachte nämlich, dass es für immer alleine bleiben müsste. „Das ist ja fantastisch!", brach es auf einmal aus ihm heraus. „Läufst du auch gerne? Und springst du? Bewegst du dich auch so wie ich? Ich springe für mein Leben gerne. Bewegung ist so toll. Ich habe mich so lange nicht bewegt." „Natürlich!", rief das Prothesenbein. „Lass es uns gleich versuchen. Es kann sein, dass ich ein bisschen Startschwierigkeiten habe. Aber das wird sich in Kürze ändern."

Und tatsächlich waren die beiden Beine nach kurzer Zeit so agil und lauffreudig wie in jungen Jahren. Das linke Bein dachte noch oft an seinen alten Freund. Er war froh, dass er das rechte Bein hatte. Es fühlte sich so an, als wäre es nie weg gewesen. Die Beinprothese war ein guter neuer Freund und das linke Bein akzeptierte und begrüßte diesen neuen Lebensabschnitt.

Nur zur Nacht lag das neue rechte Bein nicht neben ihm. Aber daran gewöhnte sich das linke Bein sehr schnell.

Der tanzende Rasenmäher

Es handelt sich hierbei nicht um die Personifikation eines Gartengeräts oder um das lebendig machen eines Objekts, das keine Gefühle oder eigene Antriebskraft besitzt, es sei denn jemand schaltet ihn ein. Ebenso wenig handelt es sich um einen Tanz im modernen oder klassischen Sinne und gleichwohl nicht um eine Metapher für die elegante Art und Weise einen Rasen zu mähen. Es soll in dieser Geschichte auch nicht darum gehen, eine Handlung zu erzählen, die mit einer kurzen Einleitung und Vorstellung aller, oder zumindest der meisten, Charaktere beginnt und im Hauptteil die Entwicklung des Helden, auch Protagonist, ausschmückt, der seine Probleme und den Antagonisten, auch Gegenspieler oder Feind, in einem aufreibenden Kampf besiegt, um letztendlich die Belohnung, manchmal auch Moral, bekommt und den Leser letztendlich fröhlich zu verabschieden – auch Happy End genannt. Ebenso wenig geht es um die Beziehung zwischen Menschen und Maschine, die, wie wir vielleicht wissen oder selbst erleben, immer weiter in Richtung Synthese und Einigung führt. Wie würde eine Beziehung zu einem ganz regulär gebauten und funktionsfähigen Rasenmäher mit zwei Schneideblättern, einem Stromkabel und einigen Schutzblechen, um grüne Grasflecke auf den Klamotten zu vermeiden, denn aussehen. Möglicherweise sehr einseitig. Nein, auch der Ort, an dem sich der Rasenmäher fälschlicherweise Zugang verschafft haben könnte, ist hier nicht von Bedeutung. Auch der Hersteller des Rasenmähers, der einen Defekt feststellen könnte, wäre eine Möglichkeit, ist aber auch nicht Teil der Geschichte.

Die Lösung ist sehr viel offensichtlicher: es geht hierbei einzig und allein um deine Vorstellungskraft und darum, was du aus dem Titel machst.

Herr Schlüsselbund

Herr Schlüsselbund besitzt einen Schlüssel für jedes Schloss, das es auf der Welt gibt. Er kann jede Türe aufschließen und natürlich auch abschließen. Er hat einen Schlüssel für die Garage, einen Schlüssel für jede Wohnung, für das Haus, in dem seine Wohnung liegt, einen Schlüssel für jedes Auto, jedes Fahrradschloss, jedes Vorhängeschloss und so weiter.

Wenn Herr Schlüsselbund unterwegs ist, so hilft er stets den Menschen, die Ihre Tür nicht aufschließen können, weil sie zum Beispiel zu viele Einkaufstüten tragen oder weil sie ihren Schlüssel gerade verlegt haben. Herr Schlüsselbund hätte einmal sogar fast einen Einbrecher den Safe aufgeschlossen – hat es aber noch rechtzeitig gemerkt und die Polizei informiert.

Sein Schlüsselbund ist so groß, dass es manchmal eine Zeit lang dauert, bis er den passenden Schlüssel findet. Doch die Leute sind ihm trotzdem dankbar.

Eines Tages, als Herr Schlüsselbund wieder einmal fröhlich durch die Straßen schlendert, da begegnet ihm eine Frau. So schön, dass er sie anspricht und mit seinem Schlüsselbund schüttelnd sagt: „Junge Frau, möchtest du nicht mit mir mitkommen? Wir können überall hin. Wir können jede Tür öffnen und wieder verschließen."

Doch die Frau ignoriert ihn, als wäre er überhaupt nicht da. Herr Schlüsselbund läuft ihr hinterher und zeigt ihr die verschiedensten Schlüssel. Einen für eine große Villa mit Swimmingpool, großem Garten und vielen Schlafzimmern. Doch sie ignoriert ihn immer noch. Dann zeigt er ihr den Schlüssel zum Juwelier in der Stadt und sagt: „Hiermit kannst du jedes Schmuckstück haben, das du möchtest." Doch die Frau ignoriert ihn weiterhin. Dann zeigt er ihr alle möglichen Schlüssel, die er an seinem Schlüsselbund finden kann.

Nachdem er alle seine Schlüssel durchgesehen hat, setzt er sich betrübt auf den Boden. Denn jetzt merkt Herr Schlüsselbund erst, dass es einen Schlüssel gibt, der sich nicht an seinem Schlüsselbund befindet. Der Schlüssel zu ihrem Herzen.

Der Rechteverteiler

Es handelt sich bei dem Rechteverteiler um eine merkwürdige Figur. Er ist groß und dürr, sehr schlaksig, mit langen knochigen Fingern und spitzen Fingernägeln. Er ist stets frisch rasiert und lächelt zufrieden. Seinen Frack trägt der Rechteverteiler natürlich maßgeschneidert und so macht er, trotz seiner mysteriösen Silhouette, einen seriösen Eindruck.

Seine Aufgabe ist auch sehr schnell erklärt. Er verteilt Rechte. Jeder der ein Recht braucht, kann es sich ganz einfach bei ihm abholen. So hat er verschiedene Rechte im Angebot: das Recht andere zu beleidigen, das Recht über andere zu urteilen, das Recht schlecht über jemanden zu sprechen, das Recht bei Rot über die Ampel zu gehen und so weiter.

Eines Tages kommt ein kleiner Junge zum Rechteverteiler und verlangt nach dem Recht, sich in jedes Mädchen verlieben zu dürfen, das er will. Da sagt ihm der Rechteverteiler: „Das wird dich aber einiges kosten, mein Junge." „Wieso?", wollte der Junge wissen. „Alle Rechte, die du verteilst, sind kostenlos." „Leider nicht die Rechte der Liebe. Für die musst du mir etwas geben." „Aber ich habe nichts, das ich dir geben kann. Und ich möchte so gerne selbst entscheiden, welches Mädchen ich toll finde und lieben will." „Da musst du wohl ein anderes Mal wiederkommen", grinste der Rechteverteiler.

Betrübt und traurig geht der Junge weiter. Er weiß, dass er sein Recht nicht bekommen wird, solange er nichts für den Handel findet. Wie soll er nur an das Recht kommen, selbst entscheiden zu dürfen, in welches Mädchen er sich verlieben darf. Als er so darüber nachgrübelt, was er dem Rechteverteiler geben könnte, kommt ihm eine Idee. Mutig geht er zurück zum Rechteverteiler und sagt: „Ich brauche das Recht über andere zu verfügen!" „Sehr gerne, mein Junge. Bitte schön." Der Rechteverteiler erinnert sich nicht an den Jungen, weil er in der Zwischenzeit bereits hunderte andere Menschen mit verschiedenen Rechten ausgestattet hat.

Plötzlich ruft der Junge befehlshaberisch und auffordernd: „Gib mir sofort das Recht, mich in jedes Mädchen verlieben zu dürfen, das ich möchte!" Verdutzt schaut ihn der Rechteverteiler an und sagt: „Leider kann ich dir das Recht nur für einen entsprechenden Gegenwert geben." „Der Gegenwert ist dein Leben!", sagt der Junge mit fester Stimme. „Wie bitte? Das kannst du nicht machen.", entgegnet ihm der Rechteverteiler „Doch!", befiehlt ihm der Junge. „Du selbst hast mir das Recht gegeben über andere zu verfügen. Und damit verfüge ich auch über dich und dein Leben." „A-a-aber, d-d-das kannst du doch nicht machen!", stotterte der Rechteverteiler. „Natürlich. Schau dir an, was du aus unserer Welt gemacht hast. Alle sind damit beschäftigt über andere zu herrschen, zu urteilen, zu verachten, zu bestimmen. Es ist eine schlechte Welt, die du uns zur Verfügung stellst. Damit ist jetzt Schluss. Denn ich will mich verlieben dürfen, in wen ich will. Und nicht das tun, was andere von mir verlangen. Du hast uns eingesperrt. Systematisch eingesperrt und geblendet. Und nun schlage ich dich mit deinen eigenen Waffen. Ich habe das Recht über dich zu verfügen und damit tausche ich dein Leben gegen das Recht mich zu verlieben, in wen ich will." „Nein!", schreit der Rechteverteiler. „Was für ein fataler Fehler von mir!" Und mit einem lauten Knall löst sich der Rechteverteiler in Staub auf. Alles, was übrigbleibt, ist eine feine Staubwolke, die aber gleich vom Wind weggeweht wird. Die Menschen, die sich ihre Rechte beim Rechteverteiler geholt hatten, sind auf einmal gar nicht mehr in der Stimmung, über andere zu bestimmen. Sie wollen gar nicht mehr irgendjemanden lieben, nur weil es ihnen jemand befiehlt. Stattdessen fangen sie an selbst zu entscheiden. Der Junge läuft sogleich zu einem Mädchen, das er schon seit längerem sehr nett findet und schenkt ihr eine Blume. Denn er hat jetzt das Recht selbst zu entscheiden, welchen Menschen er eine Freude machen möchte. Ebenso haben jetzt alle das Recht dazu andere Menschen zu grüßen, ihnen entgegenzukommen, sie zu lieben und ihnen zuzuhören.

Wie wir alle wissen, gab es diesen verruchten Rechteverteiler nie. Er war nur erfunden. Doch jeder von uns kennt den kleinen Jungen, der weiß, dass jeder Mensch das Recht hat, geliebt und geschätzt zu werden.

Der Zirkusdirektor

Bunte Lichter, farbenfrohe Plakate, laute Musik und jede Menge Tiere, Freaks und Attraktionen. Der bezaubernde Zirkus ist mal wieder in der Stadt. Der Geruch von frischem Heu und Tierdung steigt in die Nase des begeisterungsfähigen Besuchers, nebst Zuckerwatte, gebrannten Mandeln und Magenbrot, Liebesäpfeln und von Schokolade überzogenen Bananen. Ein Wunderwerk der Sensation. „Willkommen, Willkommen! Nur heute Abend sehen sie, was sie noch nie zuvor gesehen haben!" begrüßt der Zirkusdirektor seine Gäste.

In Scharen betreten die begeisterten Menschen das Zelt. Eltern, Kinder und junge Paare. Tiere sind leider nicht erlaubt. Dann beginnt die Show. Von draußen hört man erst leise, dann immer lauter werdende mysteriöse Musik. Dann ein Knall. Ein Staunen und Raunen gehen durch die Menge. Allein in der Manege stehend spricht der Zirkusdirektor seine magischen Worte. Von draußen hört es sich eher wie ein Gemurmel an. Ich kann kaum ein Wort verstehen, während ich hier draußen stehe – leider kam ich etwas zu spät und konnte mir kein Ticket mehr für die Vorstellung besorgen. Da muss ich mich wohl noch ein bisschen in Geduld üben.

Wie ich also hier draußen stehe und warte, leuchten bunte Lichter durch das Loch des Zirkuszelts. Und Rauch steigt auf. Ein bisschen traurig bin ich schon, dass ich jetzt nicht mit im Zelt sitze. Doch mein Zuspätkommen soll mich noch belohnen. Denn was ich sehe, als die Vorstellung vorbei ist, ähnelt einem Gruselkabinett.

Ja, was soll ich sagen, das sind wirklich Dinge, die noch kein Mensch zuvor gesehen hat und es gibt auch keinen, der richtig darüber berichten kann. Ich kann demnach allenfalls auch nur Gerüchte weitergeben. Es scheint fast so, als sei der Zirkusdirektor eine Art Magier. Denn jeder, der sein Zirkuszelt betritt, verlässt es ohne seine Seele wieder. Was in diesem Zirkuszelt passiert, liegt jenseits unserer Vorstellungskraft. Man muss es schon selbst erleben. Doch keiner der schon einmal bei einer Vorstellung dabei war, kann jemals darüber sprechen. Ich konnte nur leere Hüllen aus dem Zirkuszelt kommen sehen. Mit leerem Blick schlurften sie, fast schon wie Zombies, nur ohne die markante Verwesung, aus dem Zelt.

Was ich gesehen habe, waren fröhliche Menschen, die das Zelt betraten und seelenlose Körper, die das Zelt wieder verließen. Ein schauriger Ort. So schnell komme ich nicht wieder, auch wenn meine Neugierde aufs Zerbersten gereizt ist. Ich werde mich nicht in das Zelt begeben. Da kann der Zirkusdirektor noch so laut brüllen und mich mit seinen Angeboten locken. Und du? Würde deine Neugierde dich ins Zelt locken?

Der einsame Fisch

Es gab mal einen Fisch, der war des Schwimmens überdrüssig, weil er so alleine war. Wie gerne wäre er ein Tier auf dem Land. So gerne würde er über Felder springen und auf saftig grünen Wiesen liegen. Die Wolken beobachten und ihnen Formen geben. Sie alle benennen und darüber lachen. Doch er schwimmt ganz alleine durch den großen, weiten Ozean.

Eines Tages trifft er einen Seeigel, der am Boden des Meeres neben einer Koralle liegt. „Ach Seeigel, so gerne würde ich wie du in den Himmel sehen, doch ich kann mich nicht umdrehen." Da sagt der Seeigel: „Es ist nichts Spannendes zu sehen. Ich sehe doch immer das gleiche Bild. Verschwommenes Blau. Es ödet mich an."

Weiter begegnet er einem fliegenden Fisch. „Ach wie gerne würde ich wie du und deine Kameraden über das Meer hinausspringen können und die kühle Luft atmen." Da antwortet ihm der fliegende Fisch: „Es ist so anstrengend zu springen und wir müssen es tun, sonst werden wir von unseren Feinden verspeist. Es ist nicht Schönes an der Flucht."

Da kam der Meereskönig ihm entgegen und sprach: „Kleiner Fisch, ich hörte von deinen Klagen. Ich kann dich zu einem Landwesen machen, doch du kannst dann nie wieder ein Fisch werden und darfst nie mehr zurück ins Wasser. Ehe du dich entscheidest, möchte ich dir etwas zeigen." Der Fisch folgte dem Meereskönig in seinen Palast und war begeistert vom bunten Treiben, das hier herrschte. Hier traf er auf allerlei Meeresbewohner und alle waren sie freundlich zu ihm, sodass er seinen Wunsch ein Landlebewesen zu sein schon wieder vergessen hatte. Denn jetzt wusste er, wo sein Zuhause war.

Prinzessin Ohrmuschel

Es gab mal eine Prinzessin, die im ganzen Land bekannt war. Eigentlich war sie keine Prinzessin im Sinne einer klassischen Prinzessin, denn sie war keine Königstochter. Sie war ein einfaches Bauernmädchen. Aufgeweckt, neugierig und aufrecht. Und doch hatte sie sich den Namen Prinzessin Ohrmuschel redlich verdient. Denn sie war gesegnet mit einem Gehör, wie es im ganzen Königreich kein zweites gab. Sie konnte hören, was kein anderer Mensch zu hören vermochte. Sie hörte das Getuschel der Ameisen im Ameisenhaufen, sie hörte es, wenn die Blätter in den höchsten Baumkronen vom Wind gestreichelt wurden, und vernahm das Flüstern der Grashalme und Blumen, die sich nach der Sonne umsahen.

Doch neben all diesen schönen Dingen, die sie entzückten, hörte sie auch alles Schlechte, was unter den Menschen gesprochen wurde. So hörte sie genau, was gemeine Frauen und Männer aussheckten oder wenn sie schlecht über ihre Mitmenschen flüsterten. Manchmal konnte sie sogar Gedanken hören. Selbst dann, wenn sie als kaum vernehmbare Laute von einem Menschen nur unverständlich gemurmelt wurden. Daran hatte sie weniger Freude als an der Natur. Denn es waren häufig sehr böse Gedanken und teuflische Pläne, die diese Menschen schmiedeten.

Ihr Geld verdiente sich Prinzessin Ohrmuschel auf dem Markt. Dort verkaufte sie Waren, die sie zuhause anfertigt hatte oder Früchte und Getreide von ihren Feldern. Denn schließlich musste auch sie essen und trinken. An guten Tagen und mit guten Ernten gelang es ihr immer gute Preise zu verhandeln. Denn sie hörte, wie sich die Kaufleute um die Preise stritten. So konnte sie das beste Angebot abwägen und gut aushandeln. Und die Menschen waren zufrieden. Denn keiner wusste von Ihrer Gabe. Andernfalls wäre sie wohl als Betrügerin am Galgen aufgehangen worden. Denn so ging man seinerzeit mit Betrügern und Dieben um, die dabei erwischt wurden, wenn sie zu Wucherpreisen verkauften oder Waren unehrlich erwarben.

Eines Nachmittags, es war ein erfolgreicher Tag auf dem Markt gewesen, hörte Prinzessin Ohrmuschel etwas, dass sie zutiefst erschütterte. Einige Wachen der königlichen Armee sprachen in einer Kammer der entfernten Kaserne darüber, wie sie einen Anschlag auf den König planten. Sie konnte fast jedes Wort verstehen. Konnte aber nicht heraushören, wann der Anschlag ausgeführt werden sollte. Auch mit den Namen konnte sie nichts anfangen, denn auch wenn sie bereits einige Namen von den Wachen kannte, so konnte sie diese doch nicht zuordnen. Sie stand wie angewurzelt an ihrem Wagen und brauchte einen Moment, um sich wieder zu besinnen. „Der König ist in Gefahr.“, dachte sie. „Sie wollen unseren König töten…er muss gewarnt werden. Doch wie?“

Auf dem Weg nach Hause dachte sie darüber nach, wie sie den König warnen könnte. Wenn Sie zum Schloss ginge, um eine Audienz zu erbitten, würden die Wachen sie dann durchlassen? Schließlich wusste sie nicht, welche Wachen in den Plan eingeweiht waren und welche nicht. Das war zu riskant. Dann fiel es ihr ein: „Morgen früh wird der Prinz seinen wöchentlichen Jagdausritt machen. Ich werde ihn auf der Jagdroute abfangen und ihm die Warnung aussprechen.“

Die Nacht kam und der Morgen brach rasch heran. In frühster Morgenstunde begab sich Prinzessin Ohrmuschel in den Wald. Schon hörte sie die Füchse, Hasen und Rehe sprechen. „Heute ist Jagdtag. Ihr wisst, was das zu bedeuten hat. Versteckt euch so gut es geht und kommt nicht heraus, bis die Sonne wieder untergegangen ist!" „Nein, nein. Wir werden uns nicht als Hauptgericht servieren lassen. Dafür sind wir noch viel zu jung und frisch!" Ein wildes Geraschel erfüllte die Stille im Wald und auch die Krähen und Tauben riefen: „Krah, krah, gurr, gurr, hier kommen sie. Wir können sie sehen!" und die Prinzessin konnte sie hören. Im wilden Galopp und mit heulendem Gebell kam der Prinz auf seinem schwarzen Ross angesprungen und seine Jagdgesellschaft blies das Jagdhorn, wie eine feierliche Trompete. Prinzessin Ohrmuschel hatte ganz vergessen, wie sie bei diesem wilden Getrampel der Pferde die Aufmerksamkeit des Prinzen einfordern konnte. Doch das war gar nicht nötig, denn der Prinz hielt mit einem majestätischen Wiehern seines schwarzen Hengstes direkt vor der Prinzessin inne. Irritiert und begeistert von ihrer Schönheit, stieg er von seinem Pferd und ging auf sie zu. Prinzessin Ohrmuschel stand erschrocken, verängstigt und wie angewurzelt auf dem Waldweg. „Wer bist du?", fragte sie die liebliche Stimme des Prinzen. „Nur ein Bauernmädchen. Aber ich muss mit Ihnen sprechen, eure Majestät. Ich habe Fürchterliches gehört. Man will Ihren Vater, den König töten! Ich habe es genau gehört!" „Gehört?", fragte der Prinz ersichtlich irritiert. „Ja, wissen sie ich habe ein sehr gutes Gehör und hörte, wie die Wachen den Tod des Königs planten. Sie müssen Ihren Vater schützen, sonst wird er sterben!" Verblüfft sprach der Prinz: „Wenn es stimmt, was du sagst, dann müssen wir sofort handeln! Komm mit mir ins

Schloss und wir werden den Komplott verhindern!" Und eh sie sich versah, ritten die beiden gemeinsam ins Schloss. Doch ohne den König aufzusuchen, führte der Prinz die Bauerntochter in den Kerker. Nachdem er die Tür hinter ihr ins Schloss fallen ließ, rief er ihr zu: „Ich weiß nicht, woher du von meinen Plänen weißt, doch ich kann nicht zulassen, dass du sie vereitelst! Du sollst hier unten verenden."

Jetzt sitzt sie im dunklen, kalten und verlassenen Verlies und versteht die Welt nicht mehr. Sie hört noch, wie der Prinz die Stufen nach oben geht und vor seinen Vater tritt. Kurz darauf bohrt sich ein Messer durch das Herz des Königs und sein lebloser Körper fällt auf den Boden. Da fängt die Prinzessin bitterlich an zu weinen. Aber keiner vermag sie zu hören. Denn nicht jeder hat so ein gutes Gehör wie sie. Oder kannst du sie weinen hören?

König Selbstlos

Es war einmal ein König – der war so selbstlos, dass er schon fast vergessen hatte, wer er selbst war.

Er begegnete seinen Mitmenschen stets freundlich und offenherzig. Keiner konnte sagen, dass König Selbstlos ihm oder ihr gegenüber je unfreundlich war. Das lag daran, dass er die Menschen so liebte wie sie sind. Auch wenn er viele Dinge beobachten musste, die ihm gar nicht gut gefallen haben. Da gab es beispielsweise Kriege, Misshandlungen, Gewalttaten, Zerstörung und Ungleichheiten in der Welt, die er einfach nicht nachvollziehen konnte. Das kostete König Selbstlos immer sehr viel Kraft. Aber König Selbstlos hatte ein Geheimnis. Er hatte einen geheimen Ort in seinem Königreich, den er nur mit wenigen Menschen teilte. Er hatte einen großen Saal in seinem Schloss. In diesem Saal leuchteten Musikinstrumente in vielen verschiedenen Farben und durch die Luft flogen Melodien und Rhythmen, die er selbst erschaffen hatte. Es gab hier fröhliche Melodien, traurige Melodien, interessante, komplizierte und sogar einfache Melodien.

Aber da König Selbstlos nun mal so selbstlos war, wollte er den Menschen das alles nicht vorenthalten. Und so entschied er sich einige dieser Melodien mit ihnen zu teilen.

Und die Menschen waren begeistert von seinen Künsten. Begeistert von seinem Spiel und seinem Auftreten.

Doch König Selbstlos fühlte sich nicht gut. Er wurde krank und lud seine Liebsten ein, noch ein weiteres Mal seinen Saal zu betreten. Als sie alle versammelt waren, sagte er zu ihnen: „Ihr dürft alles haben. So werde ich immer bei euch sein. Und wenn ihr es spielen hört, dann wisst, dass ich es bin. Meine Aufgabe hier ist vollbracht. Ich muss jetzt an einem anderen Ort spielen. Danke, dass ihr an meiner Seite wart, immer wenn ich spielen wollte.

Dann drehte er sich um und verließ den Saal für immer. Und manchmal, wenn du Musik hörst, dann kannst du dir sicher sein, dass König Selbstlos über dir sitzt und auf seiner Gitarre spielt.

Der alte Reifen

Ach, was bin ich ein alter Reifen. Als ich noch jünger war, da war ich noch zu gebrauchen. Doch jetzt bin ich alt und abgenutzt.

Ich wurde an viele Autos montiert, habe Lasten getragen und immer für Sicherheit gesorgt. Ich bin meilenweit gerannt und gerannt und habe mich nie von einem Nagel durchstechen lassen. Ich hatte Profil und konnte das Wasser überwinden wie kein zweiter.

Doch jetzt…nach all den treuen Jahren an deiner Seite gibst du mich weg, als hättest du mir nichts zu danken.

Du hast recht. Du hast mir gut gedient und ich will dich weiterhin in meinen Diensten behalten. Ich werde einen Schuh aus dir machen und du darfst mich auch weiterhin begleiten und mich tragen, bis zu meinem letzten Tag.

Der Spielautomat

Wer mich füttert, der gibt seinem Glück eine Chance. Wer mich füttert, vergisst die Zeit und ist sie noch so lang. Wer mich füttert, darf sich über mein Erbrechen nicht beschweren. Beschwert es doch seine Taschen. Wer mich füttert, der tut Gutes, denn hungrig bin ich immer. Wenn du nichts für mich hast, scher dich weg, denn ein anderer wartet bereits. Wer mich füttert, der gibt seinem Glück eine Chance.

Das Waldmännchen

Es lebt ein Waldmännchen in jedem großen, tiefen und dunklen Wald. Es lebt dort ganz allein. Doch mit den Waldtierchen um sich herum ist es nicht einsam.

Das Waldmännchen hat eine sehr wichtige Aufgabe. Es ist der Hüter des Waldes. Es ist dafür zuständig das Gleichgewicht im Wald aufrecht zu erhalten. Es kommt nicht so oft vor, dass sich Wanderer im Wald verirren. Und wenn doch, dann hilft es ihnen wieder auf den richtigen Weg – ohne sich dabei blicken zu lassen. Was das Waldmännchen aber überhaupt nicht leiden kann, ist es, wenn Wanderer ihren Müll als Geschenk zurücklassen. Das macht das Waldmännchen so wütend, weil das Gleichgewicht des Waldes darunter leidet und alles durcheinanderbringt.

Denn jedes Mal braucht es ganz viel Kraft und Zeit, den Müll zu beseitigen. Das waren die unterschiedlichsten Dinge. Brot- und Bonbonpapier, durchsichtige Getränkeflaschen mit seltsamen Bildern und Schriften darauf. Es hat sogar schon mal eine Sattelitenschüssel und einen Toaster gefunden. Was das sollte, konnte es überhaupt nicht verstehen. Doch mit hohem Kraftaufwand konnte das Waldmännchen auch diesen Müll verschwinden lassen.

Eines Tages verirrte sich wieder ein Wanderer im Wald, und machte ausgerechnet dort Rast, wo sich das Waldmännlein befand. Verblüfft über seine Entdeckung sagte er: „Was bist du für ein lustiges Männlein? Ganz allein im Wald trägst du einen alten Ofen auf deinem Rücken. Was hast du damit vor? Kannst du mir vielleicht ein Brot backen, dass ich nicht verhungern muss?" „Mein lieber Wandersmann. Liebst du den Wald und was darin lebt?" „Ja, deswegen sitze ich hier und genieße die atemberaubende Vielfalt! Ich liebe es zu beobachten und im Wald zu baden. Es hilft mir, der Hektik zu entfliehen." antwortete er. „Dann will ich dir etwas zeigen. Komm mit." Der Wanderer war neugierig und lief dem Waldmännchen hinterher. Dieses führte ihn zu einem großen Platz, der genau in der Mitte des großen, dunklen Waldes lag. Der Wanderer wollte seinen Augen nicht trauen. Denn als er aus dem dichten Geäst hervortrat, sah er vor sich eine große Lichtung. Aber hier stand kein Baum, kein Strauch, es wuchs kein Gras auf dem Boden und alles war tot. Da lagen Hirsche, Vögel, Füchse und Mäuse, verdorbene Früchte und jede Menge Müll. Es war ein grausiger Anblick. „Was ist das alles?", wollte der Wanderer wissen. „Hier liegt alles, was die Menschen in ihrer Unachtsamkeit fallen lassen oder was ihnen für den Rückweg zu schwer wird. Das alles trage ich zusammen. Darunter leidet der Wald, den wir beide so sehr lieben." „Ich weiß nicht, was ich sagen soll, liebes Männlein. Was kann ich tun?" „Es ist wichtig, dass die Menschen verstehen!" „Weil du so fleißig bist, werde auch ich fleißig sein und allen davon erzählen, damit du weniger unnötige Arbeit leisten musst!", beschloss der Wanderer.

Von nun an erzählte der Wanderer jedem vom guten Geist des Waldes. Deswegen weiß heute auch jedes Kind, dass es seinen Müll nicht im Wald liegen lassen darf, da sonst der Wald und alle die darin leben, bitterlich umkommen.

Wenn du heute in den Wald gehst und ganz leise bist, kannst du das Männlein hören. Es spricht zu dir durch die Vögel, die Blätter und den Wind.

Besuch

Es klingelt an der Tür. So spät noch? Ich erwarte keinen Besuch. Ich wohne allein und die Freunde, die ich habe, klingeln nicht so spät an meiner Tür, sie würden mir schreiben, ob ich bereit wäre auszugehen. Auch der Postbote oder Paketdienst kann es nicht sein. Es ist schließlich Sonntag. Und an einem Sonntag klingelt kein Versanddienstleister an irgendwelchen Haustüren. Ich stehe vom Sofa auf und begebe mich zur Haustüre, um herauszufinden, wer mich zu später Stunde dazu bringt, von meinem Sofa aufzustehen. Ich hatte es mir gerade gemütlich gemacht und wollte mich wieder meinem Buch widmen. Es ist gerade so spannend. Doch jetzt bin ich gespannt, wer vor meiner Türe steht. Als ich öffne – ich öffne immer, ohne vorher zu fragen, wer da ist, denn ich habe keinen Türspion oder eine Freisprechanlage und durch die Türe zu rufen würde ja bedeuten, dass ich ein Angsthase bin. Aber ich bin kein Angsthase. Ich öffne also und vor mir steht ein Mann mittleren Alters. Er schaut mich ganz erwartungsvoll an, als wäre es meinerseits unverschämt, ihn so lange vor meiner Türe warten zu lassen. Dabei ist er derjenige, der sich schämen sollte, mich an einem Sonntag herauszuklingeln. Ich wollte ihn gerade fragen, was er möchte, da entschuldigt er sich, aber nicht für die Störung, sondern für die Frage, ob er meine Toilette nutzen dürfe. Er sei fremd in der Stadt und es habe sich bisher keine Möglichkeit ergeben seine Notdurft zu verrichten. Ich bin etwas perplex und gerade, als ich ihn zögerlich fragen will, weshalb er denn ausgerechnet bei mir geklingelt hat, stürmt er schon an mir vorbei und geht schnurstracks auf meine Toilette. Scheinbar kennt er sich in Häusern aus. Schon hat er die Toilettentür hinter sich geschlossen, höre ich auch schon sein erleichterndes Stöhnen. „Offenbar haben Sie es lange gehalten!", rufe ich durch die Türe, nachdem ich meine Haustür wieder geschlossen habe und ihm in Richtung Toilette gefolgt bin. Er brüllt durch die Türe, dass er schon seit fast einer Stunde dringend müsse und kein anderer ihn hereingelassen hätte. Viele seien erst gar nicht an die Türe gegangen, um sich zu vergewissern, wer da Einlass verlange. Es hätte ja auch ein Notfall sein können. Was in Anbetracht der Dauer, die der Mann mittlerweile auf meiner Toilette sitzt – ich hoffe er sitzt – durchaus der Fall ist. Jedenfalls aus Sicht dieser Person. Ich beschließe mehr über meinen Besucher zu erfahren und frage ihn, wo er denn gewesen sei. Er ignoriert meine Frage und beginnt mir zu erzählen, wie geräumig es in meiner Toilette wäre. Will er sich dort etwa häuslich einrichten? Soll ich ihm jetzt auch noch einen Tee bringen? Ihm gefallen vor allem die kleinen Pflänzchen, die sich auf der Fensterbank befinden. Er habe zuhause auch einen großen Garten mit allerlei Gewächs. Es zähle zu seinem Hobbies sich um den Garten zu kümmern. Er liebe es zu sehen, wie etwas wächst. In mir wächst mittlerweile immer mehr Unverständnis für dieses unverschämte Benehmen, doch in Anbetracht der Notsituation gestehe ich, wenn auch widerwillig, dass es sich bei den Pflanzen nur um Plastikgebinde handelt. Denn scheinbar ist dem Herren nicht aufgefallen, dass mein Fenster nur aufgemalt ist, und ich die Fensterbank durch ein schlichtes Regal ersetzt habe. Ich versuche seinen Namen herauszufinden, doch wieder ignoriert er meine Frage und meint jetzt, dass ich das Waschbecken schon hätte putzen können. Ich meine, dass ich bestimme, wann ich meine Toilette putze. In der Regel geschieht dies immer montags und es tut mir leid, dass er ausgerechnet einen Tag zu früh vorbeigekommen ist, und nun mit einer nicht gänzlich gereinigten Toilette vorliebnehmen muss. Als Entschuldigung werde ich ihm gerne einen Putzlappen und Putzmittel zur Verfügung stellen. Wenn es ihn so sehr stört, darf er gerne unter dem Waschbecken die Utensilien herausnehmen und sich ans Werk machen. Auf einmal schreit er mich durch meine Türe an, was ich für ein unfreundlicher Gastgeber wäre! Ich würde ihn zum Putzen nötigen und nicht einmal etwas zu trinken hätte ich ihm angeboten. Dass es solche Leute gibt, sei schon ein starkes Stück!

Die Kirche

Sie steht nur da und macht nichts. Und doch wird ihretwegen gekämpft. Sie sitzt nur hier und bietet Schutz für die Bedürftigen. Was ist das für ein wundersames Gebäude? Was ist das für eine Macht, die sie hat? Es sind doch nur Steine, die aufeinander stehen! Kann man sie zur Strecke bringen?

„Wer hat das gebaut?!", fluchen die Menschen. Doch sie hört es nicht. Den man hat keine Ohren angebaut. Sie steht nur da, um da zu stehen.

Die Ampel

Sie leuchtet in einem prächtigen Rot und sagt „Stopp! Keinen Schritt weiter". Dann ändert sie ihr Farbenspiel und ruft ganz aufgeregt: „Es geht gleich los, gleich geht es los." Dann wird sie prächtig grün und schreit: „Los, los, los! Schnell, schnell, schnell, bevor ich wieder rot werde, lasse ich alles durch was kommt." Nur leider ist die Ampel so schlecht platziert, dass nie ein Lastwagen, ein Auto, ein Motorrad, ein Fahrrad oder ein Fußgänger die Straße überquert. Sie wird nicht gebraucht. Sie hängt allein über einer durch Witterung nicht mehr befahrbaren Straße. Da hängt sie, die Ampel und wechselt ihre Farben und wird irgendwann ausgehen. Denn keiner weiß, dass sie da hängt. Denn keiner kommt hier vorbei. Kein Lastwagen, kein Auto, kein Motorrad, kein Fahrrad und kein Fußgänger. Nur Tiere laufen manchmal über die Straße. Aber die brauchen keine Ampel.

POESIE

Willkommen im Kosmos der Poesie. Hier kann es schon mal passieren, dass du mit blauen Flecken und Kopfschmerzen wieder zurück in die Realität kommst.

Zum Einstieg

Meine Mutter hat mir immer gesagt ich soll aufrecht sitzen. Jetzt weiß ich auch wieso. Weil das Leben ständig versucht dich zu beugen!

Mein Vater bereitet mich auf das Leben vor. Er hat mir gezeigt, wie das Leben läuft. Armer Papa.

Wir haben vergessen Mensch zu sein. Die Maschinerie läuft auf Hochtouren. Die Maschine. Die Welt. Sie dreht sich, wenn sie mit Menschenfleisch gefüttert wird.

Jemand sagte mir einst, so wie ich mein Leben führe, sei es falsch. Wie ist es richtig, wenn es doch mein Leben ist? Alle imitieren und kopieren alle, wie kann einer dann Individuum sein? Wann ist es tatsächlich *Ich* der lebt?

In deinen Augen

Angst doch keinen Antrieb
Mut eine Seele und Panik
Größenwahnsinn
Der Blick ins Nichts
Eine Seele die brennt
Wut auf den Rest der Welt
Warten auf Gerechtigkeit
Ein letzter Schrei der Einsamkeit

Der Fisch

Schwimm, schwimm
Hinein in mein Fischernetz
Schwimm, schwimm
Hinein, schon hängst du fest

Zapple kleiner Fisch
Ringe mit dem Tod
Du stirbst und ich lebe
So will es das Gebot
Du dummes Ding
Schwimmst direkt hinein,
Wie kommst du drauf zu glauben jemals frei zu sein?

Schwimm, schwimm,
Hinein in mein Fischernetz
Ich bin der Fischer
Du bist mein Abendmahl

Das Buch

Das, was du liest,
Ist was du lebst,
Was geschrieben steht: Angst!

Das, was du liest,
Ist was du lebst,
Was geschrieben steht: Liebt!

Im Anfang war das Wort
Und bringt das Ende mit
Wie dumm ihr seid,
Ich bin keine Entschuldigung

Vergebung ein Versprechen
Das keiner hält
Kein Einziger von euch
Ist meine Tinte wert

Ihr lest mich nicht
Interpretiert.
Was nicht gedruckt
Interessiert.

Öffne das Buch
Und werde fromm,
Dass jedes Kind aus meinem Samen zu Tode kommt.

Wald

Der Wald lebt.
Grüner Duft.
Vögel rufen laut.
Es knackt auf dem Waldboden.
Es raschelt in den Laubkronen.
Keine Grauzonen.
Nur reine Luft in meiner Lunge.
Saftige Wiesen liegen flach über den Bergen.

Rette mich

Im Schlaf lebe ich mehr
Mein Körper ist leer
Herzschlag kommt näher
Atmen ist zu schwer

Luft weg
Muskeln verkrampfen Puls rennt
Im Körper tobt ein Sturm
Die Lunge brennt die Haut wird stumm

Im Sturzflug jagt es durch meinen Geist
Alles explodiert bevor es dich in den Tod reißt
Alles aufgestaut dann bricht der Damm
Ärgere das Kind und es zeigt dir den Mann

Herz gegen Kopf

Ich trage einen Kopf
Doch er hat kein Gehirn
Ich trage nur ein Herz
Hinter meiner Stirn

Glück

Ich verspiele mein ganzes Geld
Weil mich das am Leben hält
Niemals hätte ich gedacht
Dass mich etwas glücklich macht.

Das Bild

Bild Wand schief
Spiegel Riss
Liebe verblasst
Schritt für Schritt zu neuem Ich
Neues Gesicht Verbindung bricht
Veränderungen schlechtes Licht

Liebe zerfrisst
Parasit jetzt nicht
Weitergehen
Wiedersehen
Nichts ist ewig
Nur Erinnerung
Gute Zeit

Lass sie gehen
Hol sie zurück
Spring um den Hals
Knutsch mich ab
Drück mich fest

Danke für Liebe
Danke für Geduld
Danke, dass ich sein kann

Mädchen

Du
Bist
Nicht
Allein
Sieh ihre Flügel wenn Licht auf den Rücken scheint
Hör ihr Klagen wenn sie in ihr Kissen weint
Fühl ihre Liebe wenn sie Feuer legt
Hör die Worte aus Ihrem Gebet
Sieh ihre Narben die nicht abheilen
Küss ihre Wunden um länger zu bleiben
Legst du deine Lippen auf ihren Mund
Was ist hierfür der Grund
Nicht eine von vielen
Durch dich nur eine von vielen
Sie kann ohne Hilfe nicht fliegen
Sie will sich wieder verlieben
Wunderschön einem Engel gleich
Hinter ihren Augen ist sie ganz allein
Keiner sieht wie die Klinge Ihren Arm trifft
Ihre Aura erlischt
Licht das unter Wasser liegt
Zuviel Gewicht
Sie atmet nicht

Blume

Ein Kuss mit silbernen Lippen
Durch die Dunkelheit und die Tiefen der Stille
Eine Berührung im Herzen, die sie vergessen lässt
Wie schwer sie es hat mit all dem Tau, den sie trägt

Realität

Bin ich du?
Nein.
Wer ist er?
Erkenne mich selbst nicht mehr.
Mach das Licht an
hier ist es trist und leer

Masken hängen an der Wand
Beherrschen meinen Verstand

Sie befehlen meine Fantasie
Verdrehen meine Realität

Mama

Ich zünde ein Licht an
Um an dich zu erinnern
Stunden vergehen
Das Zimmer bleibt leer
Ich hör deine Stimme
Ein liebliches Flüstern
Direkt in mein Ohr
Ich liebe dich immer
Der Alkohol schmeckt nicht
Doch er trennt mich
Von jedem Gedanken an dich
Der direkt in mein Herz sticht
Alles gelogen all das ist falsch
Ich halt es nicht aus mir ist so kalt
Alles gefriert mein Blick ist starr
Spüre deine Liebe aber du bist nicht da
Du bist da oben, alleine, wie ich es bin
Dein Kind

Menschenmaschine

Der Mensch den sie lieben
Ist jetzt eine Maschine

Hasse mich selbst
Das ist mir geblieben
Kein Herz keine Wärme
Kann jetzt nicht mehr lieben

Dorfblume

Sie ist eine Dorfblume
Ihr Locken aus purem Gold
Ein Mädchen voller Unschuld
Ich bin der böse Wolf!

Ich betrachte sie aus weiter Ferne
Aus dunklen Tannen und den Sternen
Sehe blauen Augen und zarte Haut
Perfekten Lippen über flachem Bauch

Sie ist eine Dorfblume
Ihr Locken aus purem Gold
Ein Mädchen voller Unschuld
Bin ich der böse Wolf?

Ein runder Busen nährt ihr Kind
Ihr Schoß ist für keinen Gatten bestimmt
Sind zu zweit noch schöner als alleine
Ach, hätte ich doch nur drei Beine

Ich will sie fressen das Kind darf bleiben
Ich habe Hunger sie muss leiden
Ich verdurste, trinke ihren Saft
Betrunken wiegt sie mich in den Schlaf

Eine Dorfhure ihre Locken wie Stroh
Diese Frau trägt so viel Schuld
Ich bin das junge Lamm.

Liebe ist kein Soldat

Liebe ist kein Soldat
Liebe hat keine Wahl
Liebe trägt keine Waffen
Liebe ist weinen, lachen
Liebe lebt nicht im Krieg
Liebe leert jedes Magazin
Liebe hat keine Strategie
Liebe verfolgt kein Ziel

Antithese

ein Sklave im eigenen Kopf
ein Name den ihr ruft ein Amen für Gott
ein Plan der scheitert
Blätter die brennen Asche regnet eine Stimme wird leiser
ein Ozean trockene Luft
ein Herz pulsiert und drückt auf eine Brust
eine Spur vom Winde verweht
ein Augenblick in dem alles vergeht
eine Figur in Schatten gehüllt
ein Durst den nichts mehr stillt
ein Ohr das dich hört ein Mund der dich küsst
ein Auge das sieht welches Leid dich erdrückt
eine Haut die dich spürt ein Gefühl das dich will
zu viel Hass der die Liebe zu dir wegspült
ein Satz durchbohrt dein Trommelfell
und eine Dunkelheit wird auf einen Schlag wie die Sonne
hell

Alles

Sag mir ob das alles ist

Du hast mir versprochen, dass ich alles sein kann
Und jetzt zeigst du mir die Grenzen meines Daseins

Sag mir ob das alles ist
Zeig mir wo mein Leben ist
Geh mit mir zusammen bis an Ende dieser Welt
Spring mit mir ins Universum
Zeig mir, dass danach noch mehr kommt
Fliege mit mir durch das Nichts
Zeige mir mein wahres Ich

Es war alles gelogen
Es war alles falsch
Und noch immer trägst du
Deine Maske stolz
Lass mich dir helfen
Sie zu brechen
Endlich zu zerschlagen
Scherben zu vergraben

Wir leben keinen Traum
Wir leben überhaupt nicht
Es gibt keinen Knopf
Für warmes Licht
Es ist dunkel um uns
Kalt und klar
Wir halten fest
Was einmal Liebe war

Verlangen

Der Tanz mit deiner Hand
Diese harte Eleganz
Das Ballett mit deiner Zunge
Deine Lust in meiner Lunge
Diese Wulst in meiner Brust
Dieser Druck durch deinen Kuss
Diese Wut in meinem Mund
Und diese Lust auf dich

Eine Nacht ohne Träne
Ist ein Tag ohne Licht
Ein Morgen ohne Tau
Ist nur ein Abend ohne dich

Dieser Krieg unter meiner Haut
Diese Termiten in meinem Bauch
Deine Armee von Gefühlen
Die über mein totes Herz marschieren
Dein Schweiß auf meinen Lippen
Dein Rest Atem in meinem Kissen
Dein Geruch in meinem Haaren
Und ich kenne nicht mal deinen Namen

Krieg

keine Pistole hält dich am Leben
keine Munition macht dich satt
kein Krieg baut dir ein Hotel für ein Bett in der Nacht
keine Strategie führt zum Sieg über Leben und Tot

Ein Spiel

Es ist ein Spiel
Asse
Joker
Tricks
Manipulation
Um die Liebe tief in dir

Nicht zu zweit
Aber nicht allein
Kalter Krieg
Plötzlich steht alles schief

Augen sind von Tränen nass
Angst zu atmen in der Nacht
Vom Weinen wach
Trümmer liegen neben dir
Nackt
Dein Fehler schläft
Ich verzeihe dir

Stell dir vor

Stell dir vor du musst nicht kämpfen
Kein Druck auf der Schulter
Kein Licht das dich blendet

Stell dir vor du kannst die Welt umarmen
Anstatt sie zu tragen
Mit deinen schwächelnden Armen

Stell dir vor du hältst dein Glück in der Hand
Keiner kann es dir nehmen
Doch du drückst es zusammen

Stell dir vor du gehst durch die Zeit
Siehst alles was kommt
Was geht und was bleibt

Stell dir vor du gehst durch die Zeit
Siehst alles was war
Warum und weshalb

Stell dir vor wie sich die Dinge verändern
Eine andere Welt
Nur weil du dich veränderst

Stell dir vor alles würde Sinn ergeben
Würde dann das Leben selbst
Auch noch einen Sinn ergeben

Stell dir vor was wäre wenn
Es nicht ist wie es ist
Doch es ist wie es ist

Stell dir vor

Unbefleckt

Unbefleckt bin ich geboren
Menschen haben mich erzogen
Und jetzt fürchten sie auf ihren Knien
Meine Eltern sollen mich lieben

Nicht verraten!

Sie trägt ein Geheimnis.

Nur ein Kuss

Ich bin ein Mann
Du bist ein Mann
Ich bin eine Frau
Du bist eine Frau

Es ist nur ein Kuss

Du hast schöne Lippen
Ich habe schöne Lippen
Wir explodieren nicht
Wenn sie aufeinandertreffen
Ich küsse dasselbe Geschlecht
Die Liebe im Herzen ist echt
Mann und Mann Frau und Frau
Lippe an Lippe Haut an Haut

Es ist nur ein Kuss

Du hältst meine Hand
Ich halte deine Hand
Ich weiß, wie du schmeckst
Du weißt, wie ich schmeck'
Sie verstehen nicht
Ich liebe dich
Sie verstehen nicht
Ich liebe dich
Und deinen Kuss
Es ist nur ein Kuss
Nur Haut die sich berührt
Deine Lippen treffen mich
Ganz ungeniert
Was ist schon dabei

Wenn du mich verführst
Es ist doch nur ein Kuss
Nur Haut die sich berührt

So zart wie Seide
Und doch trocken wie Kreide
Weich und blass

Feucht und nass
Zitternd bebend
Schweigsam vergeben
Reine Unschuld

Der Sturm

Alle Menschen, Groß und Klein
Laufen in die Häuser rein
Es fallen Sünden laut von oben
Der Sturm der Sturm will jetzt toben

Und er tanzt durch Baum und Gras
Macht die ganze Erde nass
Kein Stein der trocken bleibt
Bis sich die Sonne wieder zeigt

Du kommst nicht vom Fleck
Deine Wurzeln reichen tief
Doch sie geben keinen Halt
Wenn der Sturm um dich fliegt
All dein Hass wird weggespült
Angst wird groß in deinem Bauch
In den Beinen kein Gefühl
Nichts rettet dich jetzt vor dem Sturm

Auf den Knien betest du
Hör endlich auf lass mich in Ruh
Doch keine Gnade wird gewährt
Der Sturm zieht leise nun sein Schwert
Trennt den Körper und den Geist
Macht dir deine Seele frei
Reißt dich mit in die Natur
Nichts rettet dich jetzt vor dem Sturm

So leicht wie eine Feder sanft
Bittet er dich nun zum Tanz
Reicht dir seine zarte Hand
Und du nimmst sie dankend an

Weinst gemeinsam mit dem Regen
Atmest mit dem Sturm im Takt
Siehst nun all die schlechten Menschen
Doch nicht eine gute Tat

Im Himmel

Engel aus vergangenen Tagen
Gekommen um mich abzuholen
Liebe in reinster Farbe
Ist noch nicht alles verloren

Seine Flügel stark beschädigt
Du siehst dass er Hilfe braucht
Bittet jeden hier auf Erden
Doch es hilft ihm keiner auf

Vergib uns wir wissen was wir tun
Haben es immer gewusst
Keine Lüge wird erfunden
Wir machen weiter bis zum Schluss

Es sieht aus als ob ihr im Himmel sitzt
Ihr seht was hier passiert
Sind wir nicht wert dass ihr kommt
Und uns nach Hause bringt

Nicolai

Kein Gefühl.
Kein Wert.
Nichts bleibt.

Was ich sage.
Was ich fühle.
Was ich denke.
Nichts davon bleibt.

Keine Luft.
Kein Körper.
Kein Gefühl.
Nichts.

Nichts bleibt
Keine Liebe.
Kein Hass.
Nichts.

Schmerz.
Trauer.
Wut.
Schwer.

Nichts, das sich ausbreitet.
Das auf der Seele liegt.
Auf deinen Gedanken.
Wie ein Netz um den Körper gespannt.
Um das Herz.
Um den Kopf.
Alles ist zu.
Kein Raum.
Nichts bleibt.

Nichts, es zu bekämpfen.
Ein Sieg gegen das Nichts ist nichts.

Freude ist nicht.
Leben ist nicht.
Nichts bleibt.

Es tut weh.
Nichts tut weh.

Es reißt.
Es drückt.
Es beklemmt.
Es engt ein.
Es gibt Raum.
Es lässt dich platzen.
Von Innen.
Von Aussen.
Es kommt ohne Vorwarnung.
Es kündigt sich an.
Dagegen gekämpft.
Mit Toleranz.
Mit Freiheit.
Mit Verständnis.
Mit Ablenkung.
Mit Liebe.

Und am Ende ist doch nichts.
Zugehört.
Nichts.
Einfach nichts.

Nachwort oder der Versuch eines Selbstporträts

Eine Freundin hat mich gefragt: „Was ist dir eigentlich wichtig im Leben?" Ich muss zugeben, dass mich diese Frage in vielerlei Hinsicht lange beschäftigt hat. Denn durch die Frage wurden weitere Gedanken angestoßen: Was besitze ich – materiell – was möchte ich besitzen? Wen kenne ich, wen möchte ich kennenlernen? Was mache ich – tagtäglich – und was möchte ich gerne unternehmen, machen, tun? Welche Eigenschaften und Fähigkeiten besitze ich und welche möchte ich erlernen. Mir ist jetzt schon klar, dass ich diese Frage nicht mit einem Satz beantworten kann. Und zusätzlich sollte ich es möglicherweise auch sinnvoll strukturieren, um so wenig wie möglich zu verwirren. Also kommt hier ein Versuch.

Die ersten Gedanken galten der Musik. Ich habe mich vor vielen Jahren der Musik verschrieben und fühle mich nach wie vor stark mit ihr verbunden. Neben der Musik anderer ist mir vor allem meine eigene Musik sehr wichtig in meinem Leben. Damit verbunden ist das Komponieren neuer Stücke, das Lernen neuer Instrumente, der kreative Einsatz unterschiedlicher Instrumente, die vielfältigen Möglichkeiten mich selbst auszudrücken. Auf eine spezielle Art und Weise. Musik bedeutet für mich ein Stück Freiheit. Denn ich kann machen, was ich will – wenn es um meine eigenen Stücke geht. Ich liebe das Verbinden von Noten zu Melodien, häufig an einer Klaviatur. Denn sie deckt ein großes Notenspektrum ab, das automatisch viel Raum mit sich bringt. Dieses Angebot nehme ich gerne und dankend an.

Mich in anderen Musikstücken zu verlieren und die dargebrachten Emotionen mitzunehmen und in mich aufzusaugen ist mir eine Freude. Ebenso nimmt Musik mir vieles ab. Schwere Gedanken und Gefühle können mich durch das Hören verlassen. Es ist wie ein Strom, der durch mein Ohr in den Kopf fließt und dabei alles Unreine mitreißt und ausspült. Deswegen fällt es mir wahrscheinlich auch so schwer mich auf andere Dinge zu konzentrieren, wenn irgendwo Musik läuft.

Ich habe die letzten 20 Jahre damit verbracht, mir eine Karriere in der Musikindustrie aufzubauen. Das hat nicht so geklappt, wie ich es mir gewünscht habe. Immer wieder sind mir andere Dinge dazwischengekommen und irgendwie habe ich auch nie richtig verstanden, wie ich als Musiker – vor allem mit meiner eigenen Musik – Geld verdienen kann. Ohne zu ausführlich zu werden kann ich an dieser Stelle sagen, dass ich ein paar falsche Entscheidungen getroffen habe, mich immer mit Absicht gegen den Mainstream gelehnt habe und es eben anders machen wollte. Von dieser überzeugten Authentizität ist bis heute viel geblieben. Es fällt mir immer noch schwer Musik als Produkt zu sehen.

Der nächste Gedanke, der mir kam, war: meine Familie. Meine Eltern, mein Bruder, meine Schwester, ihre Partner und meine Nichte. Natürlich ist es mir wichtig, dass sie alle gesund sind und es ihnen gut geht. Und wenn ich einen Teil dazu beitragen kann, dann setze ich mich gerne dafür ein. Auch mein Onkel, meine Tante und Cousine genießen diese Aufmerksamkeit. Ich hatte das große Glück in einer intakten Familie aufzuwachsen und bin ebenso bestrebt danach, diese Bindung zu halten. Das ist mir wichtig. Ich habe gelernt, dass wir als Familie auch, oder möglicherweise genau deswegen, funktionieren, wenn wir uns streiten, uns gegenseitig wilde Beschimpfungen an den Kopf schmeißen und so unsere Konflikte, individuellen Bedürfnisse und Wünsche austauschen und Kompromisse eingehen. Denn wir alle wissen insgeheim, dass wir uns vertrauen können, uns lieben und einander brauchen. Im Herzen, im Geiste sowie in der Begegnung.

Über die Familie hinaus gibt es Menschen, die ich zu meinen Freunden zählen darf. Es sind zwar nur eine Handvoll, dafür aber jeder und jede auf seine oder ihre Art einzigartig und entsprechend mit wichtigen Kontaktpunkten zu mir behaftet. Damit meine ich, dass mir jeder und jede Einzelne auf seine oder ihre Art etwas gibt, das ich gut gebrauchen kann und umgekehrt. Auch hier gilt, dass wir untereinander einfordern, fördern, unterstützen und unsere Freizeit gestalten. Die Kontaktintensität ist hierbei für alle Beteiligten unterschiedlich. Weil sich ein gewisses Vertrauen eingeschlichen hat, das zeitliche und räumliche Entfernungen aufhebt und wir uns immer wieder auf Augenhöhe begegnen und unsere Freundschaft dann voneinander einfordern, wenn es das Gegenüber braucht. Wie gesagt hat jeder bzw. jede ihr eigenes Themengebiet, das für mich durch ihn oder sie abgedeckt wird. Dafür sind Freundinnen und Freunde schließlich da. Für mich zumindest. Ebenso sehe ich mich auch selbst in der Pflicht, dieses Gleichgewicht aufrecht zu erhalten. Freundschaften sind schließlich keine einseitige Beziehung.

Neben diesen gefühlt sehr großen Themen Familie, Freunde und Musik gibt es durchaus viele weitere Dinge, die mich beschäftigen und auf ihre ganz eigene Art wichtig scheinen. Essen und Trinken gehört beispielsweise dazu. Ich liebe es zu kochen und dabei zu experimentieren. Gewürze und

Zutaten zu kombinieren, neue Gerichte auszuprobieren, mir die Zeit dafür zu nehmen und mich auch hier kreativ auszutoben. Natürlich kommt es dabei vor, dass einige selbsternannte Gerichte ein einmaliges Erleben bleiben. Aber es macht doch Spaß sich mit der Kunst des Kochens zu beschäftigen.

Ein weiteres Themengebiet, mit dem ich mich grundsätzlich gerne beschäftige, ist der Mensch. Nicht so intensiv und wissenschaftlich, wie Anthropologen oder Philosophen, Humanisten oder Ärzte. Mein Interesse beläuft sich auf meine eigenen Beobachtungen. Ich habe Spaß daran zu erfahren, wie Gelehrte versuchen das Wesen Mensch zu erklären. Seine sozialen Strukturen, das Sein, Verhalten, Vorstellungen, Glaube, Forschung, und so weiter. Irgendwie das Leben als solches. Ich liebe es vor allem selbst nachzudenken und meine Beobachtungen mit den Erkenntnissen der Gelehrten zu vergleichen und mit mir selbst in die Diskussion zu gehen. Meist rein theoretisch. Die Umsetzung der Ergebnisse folgt zwar, aber sehr langsam und gemächlich. Ich habe schließlich keine Eile mich mit den großen Denkern der Welt zu messen. Hieraus ziehe ich die Wichtigkeit des Denkens für mich. Ohne meine Taten oder mein Verhalten damit zu verknüpfen. Auch wenn mein Verhalten aus meinem Denken resultiert. Einer meiner Freunde meinte mal ich sei eben ein Kopfmensch. Was bestimmt richtig ist, aber mich nicht ausschließlich definiert.

Damit komme ich auf einen weiteren Gedanken, der mir auf die Frage nach den wichtigen Dingen in meinem Leben kam: Dinge erledigen. Ich gebe zu, dass ich darin nicht unbedingt der Beste bin, denn die Erledigung von Dingen ist bei mir sehr eng mit dem Sinn eines Vorhabens gekoppelt.

Wenn ich wirklich und wahrhaftig daran interessiert bin eine Sache zu machen – sei es musizieren, kochen, lernen, konzipieren, spazieren, Projekte umsetzen – dann möchte ich es möglichst an einem Stück durchziehen und abschließen. Meine Hemmschwelle dazu ist allerdings so hoch, dass sie meist nur dann wirklich erreicht, wenn ich selbst einen Sinn in der Tätigkeit finden kann. Und das ist natürlich auch stark von meiner Stimmung abhängig. Andernfalls fällt es einfach durch mein großes Raster an Dingen, die interessant klingen. Sobald ich aber für mich entschieden habe, dass ein Vorhaben sinnvoll erscheint, dann bin ich bereit fast alles andere dafür liegen zu lassen. Es wirkt ein wenig nach reiner Willkür und kann den Eindruck erwecken, dass mir irgendwie nichts wirklich wichtig ist. Wobei es eben erst dann wichtig wird, wenn es die Hemmschwelle erreicht hat. Es ist vielleicht vergleichbar mit einem Aktionspotenzial, dass nur ausgelöst wird, wenn die Hemmschwelle für einen Reiz im Körper ausgelöst wird. Denn erst dann wird es abgeschickt und ist auch dann nicht mehr aufzuhalten. Die Wichtigkeit kommt für mich mit dem Vorhaben und der eigenen Überzeugung dafür. Ich mache ungerne Dinge, nur um sie zu machen. Das ist wie zu sagen: das ist halt so. Das empfinde ich als unbefriedigend. Auch wenn mir bewusst ist, dass es viele Dinge gibt, die keinen Sinn ergeben müssen. Aber dazu ein anderes Mal vielleicht mehr.

Das stellt gewiss einen gesonderten Fall dar und weitere Gedanken zu wichtigen Dingen in meinem Leben haben mich auf einen Begriff gebracht, der mich irgendwie nicht mehr richtig losgelassen hat und es fühlt sich für mich so an, als passe er wie ein großes Puzzleteil in jedes der bisher aufgeführten Themengebiete: Ehrlichkeit. Ich empfinde Ehrlichkeit als eines der wichtigsten Dinge im Leben. Viel zu oft sind wir von Unehrlichkeit umgeben. Oder habe nur ich dieses Gefühl? Wir erleben Unehrlichkeit auf so vielen Ebenen. In der Politik, in den Nachrichten, in Filmen, in Bildern, in Kultur, in Religion, in Verhandlungen, in zwischenmenschlichen Beziehungen, in den sozialen Medien, in uns selbst und in der Werbung sowieso. Die Liste kann beliebig weitergeführt werden. In der Vergangenheit habe ich immer wieder erfahren dürfen, und das ist mir erst jetzt wieder, aufgrund der Fragestellung, in den Sinn gekommen, dass viele Menschen meine Ehrlichkeit schätzen – auch, wenn sie schmerzt. Wenn ich so darüber nachdenke, würde ich sagen, dass Ehrlichkeit einen sehr hohen Stellenwert in meinem persönlichen Profil und in meiner Weltanschauung einnimmt. Und sie ist auf alle Gebiete anwendbar. In der Musik bin ich bemüht mein Innerstes ungefiltert nach außen zu tragen und in meine Kompositionen zu verpacken. In meiner Familie begegne ich meinen Eltern und Geschwistern ehrlich und gestehe meine Fehler ein oder mache auf Fehler aufmerksam. Ich versuche ehrlich mir selbst gegenüber zu sein und wäge ab, wie viel Ehrlichkeit welche Freundschaft verkraften kann und ob der Grad meiner Ehrlichkeit angebracht ist oder nicht. Ich versuche die Ehrlichkeit der Situation zu beurteilen. Ich versuche die Ehrlichkeit in einem Projekt zu begreifen. Am wichtigsten empfinde ich jedoch die Ehrlichkeit zu mir selbst. Das ist für mich die größte Herausforderung. Denn ich muss ebenso mit meiner Ehrlichkeit leben, wie andere. Dabei befinde ich mich keineswegs am Ende meiner Reise, denn es ist ein stetiges Abwägen der Ehrlichkeit gegenüber allen Beteiligten meines

Lebens. Und ich gehöre nun mal dazu. Aber das bedeutet, dass ich diese Ehrlichkeit auch an mir selbst anwende.

Ich habe Interesse daran, mich ein wenig näher mit dem Thema Ehrlichkeit zu beschäftigen. Ich bin gewillt zu versuchen es ein wenig näher zu betrachten. Vielleicht hilft eine Definition von Ehrlichkeit. Was genau verstehe ich darunter? Zeit für einen Abgleich mit den großen Gelehrten dieser Welt. Ich frage das Internet dort finde ich folgenden Abschnitt.

Ehrlichkeit bezeichnet die sittliche Eigenschaft des Ehrlichseins [...] und wird heute meist in der Bedeutung von Redlichkeit, Aufrichtigkeit, Wahrhaftigkeit, Offenheit, Geradlinigkeit und Fairness verwendet.

Im weiteren kurzen Artikel steht noch, dass es beinhaltet nicht zu lügen und Dinge nicht zu verschönern oder zu dramatisieren. Ehrlichkeit könnte also eine objektive Wiedergabe der Realität zu sein. Es heißt weiter, dass Ehrlichkeit beinhaltet sich selbst mit seinen Makeln und Fehlern zu akzeptieren. Also auch in Selbstreflexion zu gehen. Mal sehen, wie sich andere Denker zur Ehrlichkeit geäußert haben.

Das heißt, eine ehrliche Person ist jemand, der die Gewohnheit entwickelt hat, dem anderen all jene Details seines oder ihres Lebens mitzuteilen, die im Gespräch mit dem anderen relevant erscheinen. Die Fähigkeit, das Relevante zu erkennen, gehört zur Ehrlichkeit und ist natürlich eine ziemlich komplexe Fähigkeit.

Spannend. In diesem Artikel wird Ehrlichkeit mit Authentizität und Wahrheit in Verbindung gebracht, bzw. wechselwirkend betrachtet. Zugegeben, es ist ein kurzer Bericht, der zudem damit abschließt Ehrlichkeit habe keine philosophische Wichtigkeit. Na gut. Zum Glück bin ich nicht die Philosophie. Bezogen auf das Zitat müsste ich mir demnach Fragen zur Relevanz stellen. Zu entscheiden was relevant in einem Gespräch mit mir selbst oder einem Gegenüber ist, ist situativ und schwierig zu generalisieren. Denn in Abhängigkeit zu meinen Absichten im Gespräch wähle ich, was ich sagen möchte. Aber es heißt auch, wenn ich diese „komplexe Fähigkeit" nicht besitze hätte ich nicht die Chance ehrlich zu sein. Heißt das dann, dass nicht jeder Mensch ehrlich sein kann? Das wäre schade und würde der Ehrlichkeit als *besondere Fähigkeit* viel Wert beisteuern.

Die Schlussfolgerung des Artikels verstehe ich so, dass ich nicht relevante Gedanken schlichtweg verschweige. Für mich wäre es aber richtiger so etwas zu sagen, wie: „Das kann ich dir im Moment nicht sagen." Oder „Das weiß ich nicht." Damit mache ich die Abwägung der Relevanz sichtbar und bin dazu auch noch ehrlich. Interessant. Weitere Denker:

Treues und wahrhaftiges Verhalten einer Person.

Ehrlichkeit beschreibt die Eigenschaft, stets die Wahrheit zu sagen, also möglichst in keiner Form die Unwahrheit von sich zu geben.

Treue und Wahrhaftigkeit. Gegenüber allen eigenen Äußerungen. Treue hat für mich im ersten Gedanken auch etwas mit Ausdauer zu tun. Denn Treue zeigt sich durch eine Episode, in der ich zu einem Sachverhalt oder einer Person halte und daran glaube, usw. Ich bin beispielsweise meiner Musik treu, obwohl sie sich laufend verändert, und das schon seit über zwanzig Jahren. Die Konstante dabei bin ich. Veränderung ist dabei auch ein interessanter Aspekt der Betrachtung verdient. Veränderung führt über Treue zu Ehrlichkeit? Veränderung ist ein schleichender Prozess, der meistens nur von außen gut erkennbar ist, oder in ständiger Selbstreflexion. Was habe ich gestern anders gemacht als heute? Wie habe ich mich verändert? Fragen, denen ich zugegeben mal mehr und mal weniger Beachtung schenke. Ich kann mich nicht ständig darum kümmern. Sonst vergesse ich zu Leben.

Das soll mir fürs Erste reichen. Ich könnte bestimmt noch ein paar Anhaltspunkte finden, die mir auf dem Gedankenpfad zur Ehrlichkeit begegnen. Aber ich möchte mich mit einer weiteren Frage, die mir gestellt wurde, beschäftigen: „Was willst du vom Leben?" Damit kann ich intuitiv noch weniger anfangen als mit „Was ist dir im Leben wichtig?"

Mein erster Gedankenblitz war: Ich darf etwas vom Leben erwarten? Ich darf Wünsche äußern? Wenn ja, sollten sie realistisch und erreichbar sein, weil ich sonst in einem Traum leben würde. Träumen schließe ich per se nicht aus. Es ist gut zu träumen. Ich glaube das hilft beim Verarbeiten – nicht nur im Schlaf.

Ich war etwas vor den Kopf gestoßen, als mir die Frage gestellt wurde. Denn es fühlte sich an, als schulde mir das Leben etwas oder hielte etwas für mich bereit, ich müsste ihm nur sagen, dass ich jetzt auch bereit bin. Das Leben erfüllt mir aber keine Wünsche. Ich muss es schon selbst tun. Die Frage ist hier dann womöglich, ob ich genug Ressourcen habe, um sie wahrwerden zu lassen. Es scheint also eine Frage der Zielorientierung zu sein, und zuvor der Zielsetzung. Habe ich ein Ziel im Leben? Am Ende steht der Tod. Mit dem muss ich mich, dann, wenn es so weit ist auseinandersetzen. Aber bis dahin ist noch Zeit. Bis dahin kann ich mir noch Ziele ausdenken, setzen und vielleicht sogar erreichen. Und was kommt danach?

Weil es mir etwas unklar war, habe ich meinen Vater gefragt, wie er diese Frage versteht. Nur, um mir ein paar Anhaltspunkte zur Orientierung geben zu lassen. Er meint, es gehe eher darum, was ich im Leben erleben möchte. Also doch wieder Wünsche und Träume. Möchte ich etwas Bestimmtes erleben? Was könnte das sein? Einen Menschen zeugen, ein Land bereisen, einen Sachverhalt verstehen, 80 Jahre alt werden? Zeit mit den Menschen verbringen, die ich mag? Neue Menschen kennenlernen? Vielleicht möchte ich etwas erforschen oder erfinden das der Menschheit von Nutzen sein kann? Vielleicht einen Hit schreiben und erleben, wie es sich anfühlt diesen vor einer unglaublich großen Fangemeinschaft aufzuführen? Ich glaube, dass die Frage darauf abzielt, sich ein großes Ziel vor Augen zu halten und sich dann diesem einen Ziel komplett zu verpflichten. Oder eher einen Status. Eine Routine, ein getaktetes System, in dem ich mich wohlfühle und in dem ich es aushalten kann. Ich bezweifle im Moment, dass ich das kann. Dafür ist mein Leben viel zu variabel und unstetig. Und in meiner Vorstellung würde mich so ein System einsperren. Das ist kein schöner Gedanke. Zumindest fühlt es sich im Moment so für mich an. Trotzdem einige Gedanken zur Frage.

Ich habe das Bedürfnis zu überleben. Dazu gehört für mich ein Dach über dem Kopf zu haben, zu essen, zu trinken, zu schlafen und mich sozial zu engagieren – also in irgendeiner Art mit anderen Menschen interagieren. Um meine Grundbedürfnisse zu befriedigen, muss ich Geld verdienen. Denn ich muss dafür bezahlen. Einige Punkte davon sind durch meine Familie und Freunde abgedeckt. Also könnte ich darüber hinausdenken, und mir viele schöne Dinge ausmalen und Ziele setzen, die ich unbedingt in meinem Leben erreichen möchte, oder anders gesagt: die ich vom Leben erwarten darf.

Es gibt, wenn überhaupt eine kleine Liste von Dingen, die ich gerne erleben möchte. Ich denke sie ist sehr bescheiden. Ein Status, den ich gerne erreichen bzw. erhalten möchte ist gesund zu bleiben – und wenn ich es nicht bin, es zumindest werden. Wobei gesund relativ betrachtet werden kann. Mein Körper ist aus medizinischer Sicht gesund genug, um meine Lebensqualität, an die ich mich aktuell gewöhnt habe, nicht zu beeinträchtigen. Ich arbeite daran ein wenig Gewicht zu verlieren, mich stets gesund zu ernähren und auch das Heets rauchen werde ich irgendwann in den Griff kriegen. Ich könnte mich mehr bewegen, um meine Gesundheit zu steigern. Aber eins nach dem anderen. Ich versuche mich meiner gesundheitlichen Situation bewusst zu werden. Auch meine Varizen machen noch keine größeren Probleme. Es ist aber noch Luft nach oben. Vielleicht kann ich dieses stabile Umfeld der Gesundheit verlassen und mich mit einem anderen Ziel befassen: finanzielle Sicherheit. Darin bin ich ganz und gar nicht gut. Im Moment ist meine finanzielle Situation alles andere als stabil. Aber ich arbeite daran und werde auch dieses Problem irgendwann in den Griff kriegen. Es spielen nur viele Variablen ihr eigenes Spiel. Ich habe keine Festanstellung. Denn mit diesem Wirtschaftsspiel komme ich einfach nicht zurecht. Es gibt viele Dinge ich nicht verstehe und irgendwie befindet sich eine Kraft in mir, die sich partout nicht mit dem zufriedengeben kann oder will, wie es funktioniert. Ich weiß nicht, ob es Gier ist oder Neid, Eifersucht, Egoismus oder einfach nur *weil es eben so gemacht wird*. Für mich ist es jedenfalls schwierig mich da einzubringen und das Spiel mitzuspielen. Deswegen versuche ich mein eigenes Spiel zu spielen und irgendwie zu überleben. Um meinen Lebensunterhalt zu verdienen, konzentriere ich mich aktuell auf die Tätigkeit als Dozent für Medien und Musik. Es wäre schön, wenn ich darin erfolgreich werde – mit der Musik ist es mir ja nur teilweise gut geglückt.

Aber sind das wirklich Ziele, die mein Leben füllen sollten? Ich bin ein Freund der Natur. Ich reise gerne und freue mich neue Erdinhalte kennenzulernen. Ich liebe es die Natur zu beobachten, zu hören was im Dickicht raschelt, Vögel, die sich zurufen, eine Sonne, die den kühlen Morgen erwärmt und Sonnenuntergänge über einem tiefen Tal, die ich von einem hohen Berg aus betrachte. Ich finde es unheimlich bezaubernd, kleine verschlafene Städtchen zu erkunden, deren Geschichten zu erfahren, durch alte Straßen zu laufen und in Museen etwas Neues zu lernen. Es ist befriedigend Erinnerungen zu schaffen. Vielleicht ist das ein großes Ziel?

Aber das kostet natürlich auch Geld. Das nervt! Ich würde gerne mehr reisen. Mich einfach ins Auto setzen und losfahren. Dorthin wo eben Platz ist. Das habe ich in der Vergangenheit öfters gemacht, weil es möglich war. Aber es fühlt sich so an, als wäre das nicht mehr so einfach möglich, wie noch vor ein paar Jahren. Ich weiß nicht, ob es nur an der Inflation liegt, oder an meiner Inkompetenz Geld zu generieren und zu verwalten. Mein Kühlschrank ist jedenfalls nicht übergefüllt und ich spare, wo ich kann. Trotzdem reicht es vorne und hinten nicht.

Bei meinen Gedanken, die ich zu allen diesen Themen habe, gibt es etwas, das ich berücksichtigen muss. Meine Gehirnchemie. Aktuell befinde ich mich in einem Gedankenkonstrukt, das mir zwar teilweise aufzeigt, was nötig wäre, um meine Ziele zu erreichen aber meine Motivation, mein Interesse und die Kraft zur Umsetzung sind nicht vorhanden. Das kann ja was werden.